Emil Wilhelm H . Brentano

Troia und Neu-Ilion

Antigonos

Emil Wilhelm H . Brentano

Troia und Neu-Ilion

Unveränderter Nachdruck der Originalausgabe von 1882.

1. Auflage 2024 | ISBN: 978-3-38650-434-8

Antigonos Verlag ist ein Imprint der Outlook Verlagsgesellschaft mbH.

Verlag: Outlook Verlag GmbH, Zeilweg 44, 60439 Frankfurt, Deutschland, info@outlook-verlag.de
Vertretungsberechtigt: E. Roepke, Zeilweg 44, 60439 Frankfurt, Deutschland
Druck: Libri Plureos GmbH, Friedensallee 273, 22763 Hamburg, Deutschland

TROIA

UND

NEU-ILION.

VON

Dr. E. BRENTANO.

HEILBRONN

VERLAG VON GEBR. HENNINGER.

1882.

Vorwort.

Die vorliegende Schrift enthält in etwas veränderter Form zwei Vorträge, die der Verfasser zu Beginn des vergangenen Winters im hiesigen „Akademischen Lehrerverein" gehalten hat.

Sie bezweckt durch Zusammenstellung der wichtigsten, aus dem Altertum überlieferten litterarischen Zeugnisse und historischen Nachrichten über Troia und Neu-Ilion eine Ergänzung zu den Akten jenes langwierigen Prozesses zu liefern, der noch immer um die Lage Troias vor dem Forum der Wissenschaft geführt wird.

Noch steht die Entscheidung der Sache aus; aber die Verhältnisse sind bereits bedeutend geklärt. Nicht mehr drei Oertlichkeiten können als gleichberechtigte Bewerber auftreten. Bunarbaschi darf bei der grossen Dürftigkeit seiner Legitimation kaum noch auf Erfolg rechnen. Nur zwischen Hissarlik und dem Ilierdorf des Demetrios schwebt jetzt der Streit; der grössere Rechtsanspruch aber liegt offenbar bei letzterem.

Die kurze, vorläufige Kritik, die der Unterzeichnete im vorigen Jahre*) an den Schliemannschen Berichten über die homerische Ilios übte, hat mehrseitige Zustimmung gefunden. Aehnliche Einwendungen waren von anderer Seite schon früher gemacht worden.

---

*) Zur Lösung der troianischen Frage. Heilbronn, Gebrüder Henninger. 1881.

Herr Schliemann selber vermochte nicht die angegriffenen Positionen zu verteidigen. Immer mehr dürfte sich daher schon jetzt in massgebenden Kreisen die Ansicht Bahn gebrochen haben, dass diese „Hissarlikfunde" (denn von „trojanischen Altertümern" zu reden, wäre nunmehr wenig zutreffend) nicht als Producte einer nebelhaften, phantastisch ausgemalten Urzeit („fünf übereinander liegende praehistorische Städte!") gelten können, sondern dass vor allen Dingen an der Hand der überlieferten historischen Nachrichten eine Beurteilung derselben versucht werden muss.

Bisher haben die Anhänger Schliemanns eine gründliche Besprechung der Funde in wissenschaftlichen Fachblättern mit begreiflicher Vorsicht vermieden. Dagegen haben sie in den Feuilletons der Tagesblätter und in belletristischen Wochenschriften einen wahrhaft grossartigen Reklamefeldzug organisiert und auf diesem Wege zunächst dem grossen Publikum die Ueberzeugung beizubringen versucht, dass das homerische Troia auf Hissarlik wirklich zu Tage gefördert sei.

Ein derartiges Vorgehen war ehedem bei der Behandlung bedeutenderer wissenschaftlicher Streitfragen durchaus nicht gebräuchlich.

Unter diesen Umständen dürfen wir es nicht unterlassen, auf zwei Meinungsäusserungen aus der englischen Gelehrtenwelt hinzuweisen, die leider in Deutschland wenig Beachtung gefunden zu haben scheinen, obwohl sie — ganz verschieden von jenen Feuilletonstimmen — auf Sachkenntnis und gutem Urteil beruhen. Sie sind dem Unterzeichneten erst zugekommen, als er die obenerwähnten Vorträge bereits gehalten hatte, konnten jedoch bei der Ausarbeitung dieser Schrift noch benutzt werden.

Bereits in Nr. 314 der Edinburgh Review 1881 S. 514 ff. erschien eine Beurteilung von Schliemanns Ilios, die in der Grundanschauung und in manchen Einzelheiten mehrfach zusammentrifft mit den Einwendungen, die seinerzeit von dem Unterzeichneten erhoben wurden. Eine scharfe Kritik erfährt namentlich die Schliemannsche Theorie der „sieben Schichten" mit den Trümmern der „sieben Städte" im Hügel von Hissarlik (S. 529 ff.). Seine durchaus mangelhafte und widerspruchsvolle Begründung der subtilen Unterscheidung zwischen der „lydischen" Stadt und der „fünften vorhistorischen", zwischen dieser und der „vierten" Stadt u. s. w. wird treffend charakterisiert und das Phantastische und Trügerische dieser mit dem Anspruch historisch beglaubigter

Wahrheit vorgetragenen Theorie constatiert *). Nach einer kurzen Darlegung der Bedeutung und der wechselnden Schicksale des historischen Neu-Ilion wird sodann die extravagante Behauptung Schliemanns, dass die Trümmer dieser mehrmals aufgebauten Stadt im Boden des Hügels eine Schicht von nur sechs Fuss Tiefe ausfüllten [also noch etwas weniger als die durchschnittliche Tiefe jeder der unbekannten 5 „vorhistorischen Städte"], mit aller Entschiedenheit zurückgewiesen. Ebenso auch die weitere Behauptung, dass Troia von den Achaiern nicht vollständig zerstört worden sei, weil sich im südöstlichen Teil der 3. Stadt keine Brandspuren finden, und dass das ganze Altertum die historische Stadt als identisch mit der homerischen angesehen habe. Mit Recht wird hiergegen der einmütige Glaube des Altertums an die gänzliche Zerstörung der Stadt hervorgehoben **). Das endgiltige

---

*) S. 537: The first, second, third, fourth, fifth, sixth prehistoric settlement is habitually treated as if it had been a fact of the same kind as the Thames Embankment or the Haussmann Boulevard. —

S. 533: The foregoing summary — — — will show the method by wich Dr. Schliemann's theory has been found. Taking the objects found at a certain depth — say, at from 6½ to 13 feet below the surface — he constructs from them a definite conception of the whole life lived by the people to whom these objects belonged. If a little higher up or lower down — at a depth, suppose, of 13 to 23 feet — precisely similar objects are not found, or are found in a much smaller or much larger quantity, he infers that here we have the remains of a distinct city, or even of a distinct race. The fallacy of this procedure is twofold. First, the remains actually found are not in any of his strata sufficient to warrant such comprehensive and rigidly precise inferences as he draws from them. Secondly, the negative argument from the absence or rarity of certain objects is applied in a manner which the conditions of the case totally fail to justify. — — — Sober criticism turns from the long series of „prehistoric cities' to the historical city which, at any rate, occupied the site of Hissarlik.

**) S. 539: Almost unanimously the old Greeks believed that the Homeric Troy had been utterly destroyed by the Achaeans, and that the Greek Ilium did not stand on the site of the Homeric Troy, — the latter having, from the time of siege, remained desolate. The references to the Greek tradition are among the weakest parts of „Ilios'. The Greek belief that Homeric Troy had been utterly destroyed is an inseparable part of the Trojan legend. — — — S. 541: The truth is that the identification of Homeric Troy etc. vgl. unten S. 30. — S. 544: In the general belief of the old Greek world, the Homeric Troy had been utterly destroyed, its side had remained desolate, and the Greek Ilium stood upon different ground.

Urteil des Verfassers über die wahre Bedeutung der Funde von Hissarlik geht dahin, dass zunächst die Tiefe der Trümmerschicht von Neu-Ilion jedenfalls viel bedeutender angenommen werden müsse als 6 Fuss, und dass zwischen dieser und der untersten, einem verhältnismässig civilisierten Volke angehörigen Schicht unverkennbare Spuren auf die Anwesenheit halbbarbarischer thracischer oder gallischer Stämme hinwiesen, wobei aber nicht ausgeschlossen sei, dass gleichzeitig mit diesen Niederlassungen die fernere, ja auch die nähere Umgebung von cultivierten Bewohnern z. B. Aioliern besetzt gewesen wäre*). Es werden also nur drei Schichten unterschieden. Lydische Einflüsse müssten sich selbstverständlich schon gleich von Anfang an auf das aiolische Neu-Ilion geltend gemacht haben. — Für den historischen Charakter der Ilias oder der mit ihr zusammenhängenden Persönlichkeiten bewiesen die Schliemannschen Funde nichts.

Eine Ergänzung zu diesem Aufsatz bildet die Untersuchung von R. C. Jebb**) Homeric and Hellenic Ilium (in: The Journal of Hellenic studies 1881 vol. II 1. S. 7 ff.). Hier wird die Behauptung Schliemanns, dass das homerische Troia nicht vollständig zerstört und nach der Eroberung noch ferner bewohnt worden sei, ebenfalls als eine Paradoxie und als unvereinbar mit dem Geist und dem Wortlaut der griechischen Tradition und den Zeug-

---

*) S. 545: The objects found at Hissarlik indicate what the traditions of the Troad would have led us to expect, viz., that at a remote period this site was occupied by a comparatively civilised people (with high skill, for instance, in the ceramic art), who were succeeded by a people or by peoples whose level of civilisation was presumably not higher than that of the rudest Thracian or Gallic tribes. But the lower civilisation thus found during one period at Hissarlik may have been contemporary with a far higher civilisation in adjacents lands or even in the immediate neighbourhood. There is no reason why Thracians, for example, should not have held Hissarlik while Aeolic Greeks were already settled on the shores of the Troad. The objects found in the lower part of the excavations at Hissarlik are non-Hellenic. The same may be said of remains at Mycenae and Tiryns. But, because remains are non-Hellenic, it by no means follows that they are pre-Hellenic. On the contrary, it is highly probable that, in the early days of the Greek Ilium — — — most of the articles of luxury, or even of daily use, would have been products of oriental art or industry.

**) Derselbe scheint auch der Verfasser des vorher erwähnten Aufsatzes zu sein, worauf die mir nachträglich zugegangene Nr. 499 der „Akademy“ Nov. 1881 hinweist. Die vorhergehende Nr. konnte ich bis jetzt noch nicht bekommen.

nissen des Altertumes nachgewiesen. Ein kurzer Ueberblick über die Geschichte des aiolischen Ilion zeigt, dass neben der antiquarischen auch die politische Seite der Legende der Ilienser (besonders seit der Ankunft Alexanders und dem Eingreifen der Römer) in Betracht kommt (S. 30 f.). Aber das Gesamturteil competenter Richter, durch welches jene Legende verworfen wurde, stand ein für allemal fest. Besonders erfreulich ist die gerechte Würdigung, die Demetrios von Skepsis von Seiten Jebbs erfährt. Das Werk desselben (*Τρωικὸς διάκοσμος*) wird für eines der herrlichsten Denkmäler gelehrter Thätigkeit im alexandrinischen Zeitalter erklärt*); seine Bedeutung erhelle noch jetzt aus zahlreichen Citaten, die wir bei den verschiedensten Autoren finden. Demetrios mache den Eindruck eines denkenden, wahrhaft kritischen Geistes, mit ausserordentlichem Scharfsinn begabt, der zugleich die Kraft besass, sein reiches Wissen auf einen gegebenen Punkt zu concentrieren**). Die Schliemannsche Behauptung, dass Demetrius nur aus Neid und Hass gegen die Ansprüche der Ilienser aufgetreten sei, wird als eine kaum ernsthaft zu nehmende Hypothese zurückgewiesen***).

---

*) S. 34: This work appears to have been one of the most wonderful monuments of scholarly labour which even the indefatigable erudition of the Alexandrian age produced. The most complete examination of every point which the subject raised or suggested was supported by stones of learning drawn from every province of ancient literature, from every source of oral or local tradition. Mythology, history, geography, the monographs of topographers, the observations of travellers, poetry of every age and kind, science in all its ancient branches, appear to have been laid under contribution by this encyclopaedic commentator, who must have deserved the epithet of *χαλκέντερος* almost as well as Didymus. The great reputation of his Diacosmus in antiquity is attested by the frequency with which it is quoted, often at length, in the most various contexts. It was, in fact, a repertory of archaeological lore, and was used much as a modern student uses a dictionary of antiquities.

**) The general impression left by these and similar notices of Demetrius is that of a thoughtful mind, essentially critical, with considerable ingenuity, and with the power of concentrating varied knowledge on a given point.

***) S. 37: — — I must confess that this hypothesis appears to me one of the most extraordinary that could be seriously advanced. There is an English saying which contemplates the possibility of a person cutting off his nose in order to spite his face; and if Demetrius indeed marred the central feature of his work for the sole purpose of exciting these pangs

Diese vorurteilsfreie Auffassung der Sache von Seiten eines hervorragenden Kenners des griechischen Altertums scheint auf die Freunde Schliemanns in England doch einigermassen ernüchternd gewirkt zu haben. Professor Sayce, der thätigste Mitarbeiter Schliemanns, vermochte ihr wenigstens, wenn wir recht unterrichtet sind, bis jetzt noch keine nachhaltige Widerlegung zu teil werden zu lassen.

Wir sind genötigt, das alles vorzubringen, weil wir es für eine wissenschaftliche Pflicht erachten, die Verkehrtheit der Schliemannschen Behauptungen allseitig nachzuweisen und der vielverlästerten Ansicht des Demetrios die gebührende Anerkennung zu verschaffen*). Wir sind aber weit entfernt, damit den wirklichen Verdiensten Schliemanns, namentlich seinem thatkräftigen Vorgehen, sowie der richtigen Wertschätzung seiner Funde irgendwie Abbruch thun zu wollen. Lob und Tadel müssen eben bei der Beurteilung seiner ganz eigenartigen Leistungen naturgemäss oft scharf und unvermittelt neben einander hervortreten. Wir haben uns hierüber schon früher ausgesprochen; es mag aber hier, um Missverständnissen oder böswilligen Verdächtigungen entgegenzutreten, dasselbe noch einmal hervorgehoben sein. Leben wir doch in einer so überaus empfindlichen Zeit, dass ein Widerspruch auf wissenschaftlichem Gebiet gar leicht als persönliche Kränkung und ein Ankämpfen gegen Einzelnes als Verwerfung des Ganzen aufgefasst wird. Uebrigens ist sich der Unterzeichnete bewusst, auch in seinen früheren, auf diese Frage bezüglichen Schriften nirgends die Grenzen einer erlaubten litterarischen Polemik überschritten zu haben. Die an Schliemanns Berichten geübte Kritik war mitunter etwas scharf, aber man darf auch nicht vergessen, in welchem Masse der Entdecker die Aufmerksamkeit und das Interesse der „ganzen gebildeten Welt" in Anspruch nahm, um ihr seine unhaltbaren Vermutungen als reale Wahrheit anzupreisen. Ausserdem glaubt der Verfasser aber auch in seinen Erörterungen

---

in his neighbours, then the town of Scepsis may claim to have produced the person who, in recorded history, has perhaps approached most nearly to that ideal of self-sacrificing malice.

*) O. Retzlaff Vorschule zu Homer. 2. Auflage. Berlin 1881 hat die Ansicht des Demetrios in der von uns versuchten Reconstruction vollständig acceptiert. Damit war also jenes prophetische Wort (Schliemann Ilios S. 215), dass diese „unmögliche Theorie niemals einen Gläubigen finden" werde, bereits zu nichte geworden.

niemals diejenigen Rücksichten verletzt zu haben, die man Männern von hervorragender wissenschaftlicher Bedeutung, auch wenn sie irren, schuldig ist, selbstverständlich soweit solche Rücksichten nicht geradezu zur Verleugnung der Wahrheit führen.

Ganz ohne Kampf geht es aber bei der Behandlung solcher veralteter Fragen überhaupt niemals ab. Die Wahrheit will erstritten sein. Im Kampfe wird herüber- und hinübergeschossen. „Die Wissenschaft", sagt unser Altmeister Gottfried Hermann, „ist ein Kampfplatz, von dem niemand ohne Wunden kommt."

Die Harmlosigkeit loyaler litterarischer Fehden wird freilich dann vernichtet, wenn Elemente des Luges und der Verläumdung sich einschleichen, um Einfluss auf die Sache zu gewinnen, und mit fremdartigen Bestrebungen die klaren Gewässer zu trüben und die Dinge vorsätzlich in falsche Geleise zu leiten suchen. Wenn das schliesslich zu Unzuträglichkeiten führt und der ganzen Sache zum Nachteil gerät, darf man sich nicht darüber wundern.

In den letzten Tagen hat es plötzlich den Anschein gewonnen, als ob der moderne Kampf um Troia unerwartet rasch zur Entscheidung gelangen sollte.

Bekanntlich hat Herr Schliemann, um bessere Beweismittel für seine Theorie herbeizuschaffen, in diesem Frühjahr die Ausgrabungen auf Hissarlik wieder aufgenommen. Anfangs verlautete nichts bestimmtes über das Ergebnis. Dann flog die dunkle Kunde von einem Misserfolg durchs Land. Dann wieder heller Sonnenschein. Zwar das bisher so unendlich viel verherrlichte Troia „der dritten Schicht" war preisgegeben; aber unterhalb desselben sollte die heilige Ilios jetzt wirklich gefunden sein. Das hörten die Leute und glaubten es. Auch der feuilletonistische Apparat arbeitete wieder mit Nachdruck. Scheuete man sich doch nicht, in einem grösseren süddeutschen Blatte selbst dann noch ein Loblied auf die „dritte verbrannte Stadt" anzustimmen, als die Nachricht von ihrer Beseitigung seit nahezu 14 Tagen bekannt war. Das alles machte gerade nicht den Eindruck, als ob damit ausschliesslich dem rein wissenschaftlichen Interesse gedient werden sollte.

Unter diesen Umständen hielt es der Unterzeichnete für angemessen, öffentlich und rechtzeitig auf die ganz unzureichende Begründung dieser neuesten Behauptungen hinzuweisen und das

Publikum vor übereilten Hoffnungen und unausbleiblicher Enttäuschung zu warnen. („Die heilige Ilios". Grenzboten 1882 Nr. 24).

Zwei Umstände waren zu constatieren. Erstens, dass durch die vollständige Wegräumung der „dritten Stadt", deren Grössenverhältnisse Herr Schliemann jetzt selber für „liliputanische" zu erklären genötigt war, alle früher von dem Unterzeichneten erhobenen Einwendungen gerechtfertigt sind. Zweitens, dass die neueste Behauptung von der Auffindung der heiligen Ilios in der zweituntersten Schicht weder mit der Beschaffenheit der Trümmer selber, noch mit dem Charakter der übrigen Fundstücke und mit den historischen Nachrichten über die Schicksale Neu-Ilions in Einklang steht; kurz, dass auch diesmal wieder zweifellos ein Irrtum vorliegt. —

Jetzt geht die Nachricht durch die Tagesblätter, dass Herr Schliemann sich wirklich von der relativen Erfolglosigkeit seiner neueren Versuche überzeugt habe. Die Bestätigung dieser Nachricht muss indessen abgewartet werden.

Mag das Endergebnis aber wie immer gestaltet sein, ein Fortschritt der wissenschaftlichen Erkenntnis wird durch diesen Streit jedenfalls erzielt werden. Und wenn auch Herr Schliemann das, was er auf Hissarlik suchte, und was ihm als die Erfüllung eines frühgehegten Jugendtraumes erschienen wäre, nicht gefunden hat, so ist ihm doch dafür in dem thatsächlichen Ergebnis seiner Grabungen, in den zahlreichen Fundstücken von zweifellosem antiquarischen Werte, ein reicher Ersatz zu teil geworden, ein Ersatz, zu dem ihm jeder billigdenkende Beurteiler der Sache aufrichtig beglückwünschen wird.

Frankfurt a. M. im Juni 1882.

Der Verfasser.

INHALT.

Unter den vielen seltsamen Behauptungen, welche an die
in dem Hügel von Hissarlik ausgegrabenen Fundstücke geknüpft
wurden, ist eine der seltsamsten wohl die, dass das ganze
Altertum (mit Ausnahme von zwei oder drei verstockten Zweiflern) den Glauben gehegt habe: Troia sei von Agamemnon nicht
vollständig zerstört worden, es habe vielmehr auf derselben Stelle
fortbestanden und müsse daher identisch sein mit der historischen
Stadt Ilion. Aus dieser Behauptung wird das Recht hergeleitet,
von „trojanischen“ Funden, von dem „Hause des Priamos“, dem
„Schatze des Priamos“ u. dgl. m. zu reden. Diese Behauptung
bildet also das Fundament jenes wunderlichen Schliemann'schen
Hypothesenbaues, der so viel Aufsehen erregt hat. Prüfen wir
indessen die Haltbarkeit des Fundamentes etwas genauer.

I.

Das homerische Ilion war nicht die ursprüngliche Haupt-
stadt des alten troischen Reiches. Der Sage nach hatte Dardanos,
der Stammvater des troischen Königsgeschlechtes, auf den Vorbergen des quellenreichen Ida zuerst die Stadt Dardania gegründet*). Ihre Lage hat sich bis jetzt nicht feststellen lassen;
schon zur Zeit Strabons war von ihr keine Spur mehr vorhanden**). Die historische Stadt Dardanos, eine alte Colonie der
Aioler, lag zwischen Abydos und Ophrynion dicht am Hellespont.

Erst mehrere Generationen später gründete Ilos, der Sohn
des Tros, die Stadt Ilion oder Troia und zwar, wie Homer
ausdrücklich hervorhebt, in der Ebene***). Von der Baustelle
wissen die Späteren anzugeben, dass sie bis dahin der „Hügel

---

*) Hom. Il. XX 215 ff. Apollod. III 12, 1. Dionys. I 69.

**) Strab. XIII p. 592. 596. Die Stätte hatte nach Schol. Lycophr.
Alex. 29 früher Σκαμάνδρου λόφος geheissen. Sie dürfte in der Umgebung
des Ulu-dagh zu suchen sein.

***) Hom. Il. XX 215 ff. Strab. p. 593. Plat. leg. p. 681. 682.

der phrygischen Ate" geheissen habe*). Dardanos soll nach ihnen bereits durch das Orakel vor dieser Stelle als einer unheilbringenden gewarnt worden sein und darum die Stadt Dardania weiter oben zwischen den Idabergen auf dem „Skamandroshügel" angelegt haben.

Ilos dagegen wurde durch das Orakel nicht gewarnt, sondern geradezu nach der verhängnisvollen Stelle hingewiesen. Die Kuh, die ihm vom Orakel als Leiterin mitgegeben worden war, liess sich auf dem Atehügel nieder. Und als nun Ilos sich im Gebete an Zeus wandte, fiel als ein aufmunterndes Wahrzeichen vor seinem Zelte das Palladion nieder. Nun wurde Ilion erbaut.

Dieses Pallasbild, drei Ellen hoch, mit aneinandergefügten Füssen, in der erhobenen Rechten eine Lanze, in der Linken Rocken und Spindel haltend, war fortan das höchste nationale Heiligtum der Troer. Das homerische Ilion galt für uneinnehmbar, solange es im Besitz des Palladion war**).

Laomedon, der Sohn des Ilos, baute, so berichtete die alte Sage weiter***), mit Hilfe des Poseidon und Apollon eine gewaltige Mauer um die Stadt. Trotzdem eroberte sie Herakles, als er von Laomedon hintergangen worden war; aber er zerstörte sie nicht, sondern gab sie nur der Plünderung preiss.

Ueber die Beschaffenheit und die Lage Troias finden wir bei Homer manche wichtige Andeutungen. Wenn er freilich von der „schöngebauten", „breitstrassigen", „wohlummauerten", „anmutigen" Stadt mit ihren hohen Türmen, geräumigen Palästen und prächtigen Tempeln spricht, so sind das dichterische Ausschmückungen, die für uns nur den einzigen reellen Wert haben, dass sie von der dem Dichter vorschwebenden Idee einer grossen, bedeutenden Stadt Zeugnis ablegen. Die Stadt selber war ja zu seiner Zeit nicht mehr vorhanden; ob er noch Trümmer derselben gesehen hat, lässt sich nicht feststellen. Die Tradition aber, dass Troia gross und stark befestigt gewesen war, lag dem Dichter bestimmt vor. Er dachte sie sich nicht geringer als Mykenae, dem er gleichfalls die Beiwörter „wohlgebaut" und „breitstrassig" gegeben hat, und als Tiryns, das „mit starken Mauern versehene" ($\tau\varepsilon\iota\chi\iota\acute{o}\varepsilon\sigma\sigma\alpha$), dessen Mauerreste in der That

---

*) Lycophr. Alex. 29 u. Schol. z. d. St. — O. Keller Die Entdeckung Ilions. Freiburg 1875 S. 19 ff.

**) Dionys. I 68. 69.

***) Hom. Il. VII 452 f. XXI 446 ff.

noch zur Zeit des Pausanias (2. Jahrh. n. Chr.) so gewaltig waren, dass selbst der kleinste Stein derselben von einem Joch Maulesel nicht von der Stelle bewegt werden konnte*). Bedeutsamer sind sodann bei dem homerischen Troia die Beiwörter „hoch" (Ἴλιον αἰπύ, Ἴλιος αἰπεινή) und „mit Augenbrauen versehen" (ὀφρυόεσσα), ein Beiwort, das man gewöhnlich als „hügelig" erklärt und das eine bestimmte Bodenformation**) voraussetzt. Die Erwähnung der Burg, der „Pergamos", des (westlichen) „Skaeischen Thores", in dessen Nähe der „Feigenhügel" das Ersteigen der Mauer erleichterte, und des (östlichen) „Dardanischen Thores", ferner der „Buche", des „Fahrweges", der beiden schön gefassten „Quellen", der warmen und kalten, des Hügels „Batieia" deutet ebenfalls auf eine ganz klare und feste Localanschauung des Dichters. Dass er alle diese Oertlichkeiten erfunden und gleichsam wie bewegliche Coulissen in seine Schilderung je nach Bedürfnis eingeschoben habe, ist eine ganz willkürliche Annahme. Die Entfernung zwischen dem mutmasslichen Heimatlande der homerischen Dichtung und der Troade ist so unbedeutend, dass wir, auch wenn der Besuch der letzteren durch Homer uns aus dem Altertum nicht ausdrücklich berichtet würde, denselben getrost voraussetzen dürften. Ausserdem weisen sehr viele characteristische Züge in den homerischen Dichtungen, wie neuerdings auch von Prof. Virchow hervorgehoben wurde, auf die Wahrscheinlichkeit einer Autopsie des Dichters hin.

Weitere topographische Anhaltspunkte in der homerischen Schilderung bieten der Hügel „Kallikolone" im Rücken der Stadt und des Schlachtfeldes, ferner das quellenreiche Idagebirg, von dessen Gipfel, dem „Gargaron", aus die Stadt und das Schlachtfeld sichtbar war und das bei Gelegenheit feierlicher Opfer zu Ehren des Zeus von den Trojanern bequem erreicht werden konnte, auf der andern Seite der Ebene der „Throsmos" in der Nähe des an einer langen, schmalen Bucht (στόμα μακρόν) errichteten Schiffslagers und endlich die beiden Flüsse „Simoeis" und „Skamandros", von denen der erstere so unbedeutend war, dass er nur selten erwähnt wird und überhaupt nicht als Terrainhindernis bei

---

*) Pausan. II 25, 8.

**) Herod. V 92: ὀφρυόεντα Κόρινθον. — Es weist wohl auf die im Hintergrund der Landschaft vorhandenen Höhenzüge hin, die sich Augenbrauen gleich, in sanften Bogen über der Stadt hinziehen (Il. XX 151 ἐπ᾽ ὀφρύσι Καλλικολώνης).

den Bewegungen der Heere in Betracht kommen konnte, während
der Skamandros, der in der Nähe der Stadt vorüberfloss, weiterhin die Kampfesebene auf der linken Seite (von Troia aus) be-
grenzte und endlich nach seiner Vereinigung mit dem Simoeis
sich in einen grossen Meerbusen ($εὐρὺς κόλπος$) ergoss, ohne das
griechische Schiffslager zu berühren oder gar von der Kampfesebene abzuschneiden, weit ansehnlicher war und auch von dem
Dichter an einigen Stellen mit besonderer Vorliebe geschildert
wird. Dies sind die wichtigsten örtlichen Anhaltspunkte für den,
der in der Landschaft heutzutage die Stelle der homerischen Stadt
aufsuchen will.

Das Reich von Troia ward nach Homer begrenzt vom Hellespont, vom Phrygerland und von der Insel Lesbos *) und zerfiel,
wie Spätere aus den Angaben der Ilias herausrechneten **), zur
Zeit des Krieges in neun Bezirke oder Gebiete, nämlich das des
Pandaros mit der Stadt Zeleia am (nördlichsten) Fusse des Ida,
vom Aisepos durchströmt, das des Adrestos und Amphios mit den
Orten Adresteia, Apaisos oder Paisos und Pityeia, das des Asios
mit Perkote, Sestos, Abydos und Arisbe, das Gebiet des Aineias
(Dardanien), die Gebirgsgegend um den Ida umfassend, das Gebiet
des Hektor, zugleich der Stadtbezirk von Troia, dann im Süden
das Gebiet des Altes, des Beherrschers der Leleger, mit Pedasos
am Satnioeis und endlich das Gebiet der Kiliker, das wieder in
drei Herrschaften zerfiel, die des Eetion mit den Städten Thebe,
Chryse und Kille, die des Mynes mit Lyrnessos und die des
Eurypylos.

Dieses Reich stand unter Laomedons Sohn Priamos auf dem
Gipfel seiner Macht; aber unter ihm brach auch das Verhängnis
herein. Geführt von Agamemnon, dem mächtigen Herrscher von
Argos und Mykenae, landeten die achaeischen Schaaren an der
troischen Küste und nach langer Belagerung wurde die auf der
Unglücksstätte errichtete Stadt, nachdem Diomedes und Odysseus
das Palladion entwendet hatten, von Grund aus zerstört. Das angesehene Reich der Dardaniden ward vernichtet, die Bevölkerung
zum grössten Teil ausgetilgt.

Homer selber deutet nur gelegentlich auf die Zerstörung der
Stadt hin, so z. B. in den Eingangsversen der Odyssee, in der

---

*) Il. XXIV 544.
**) Strab. p. 584 f. Buchholz Homer. Realien I S. 306. 311 ff.

Nekyia, in der ergreifenden Abschiedsscene zwischen Hektor und Andromache (VI 448), wo der unbeugsame Vaterlandsverteidiger mit tiefem Schmerz das künftige Sklavenlos der Seinen voraussieht:

„Einst wird kommen der Tag, da die heilige Ilios hinsinkt,
Priamos selbst und das Volk des lanzenkundigen Königs."

Aber es ist kein Zweifel, dass Homer die Zerstörung der Stadt als eine vollständige und fundamentale ansah. Die Zerstörung ist der ausgesprochene Zweck des Feldzugs der Achaeer. Der Grundgedanke der Ilias, der allenthalben hindurchleuchtet, besagt: Es ist Götterwille, dass die Stadt vollständig vernichtet werde; es gibt wohl noch einen Aufschub, aber keine Abwendung des schweren Verhängnisses.

Andere Dichter schilderten alsdann die Zerstörungsarbeit (Ἰλίου πέρσις) ausführlich, nicht bloss die späteren Epiker, sondern auch die Tragiker (Aischylos, Sophokles, Euripides, Iophon, Agathon, Kleophon, Nikomachos) in besonderen Stücken. Ebenso die Lyriker, von denen Pindar z. B. mehrfach die vollständige Zerstörung erwähnt. Ueberhaupt waren alle nachhomerischen Autoren: Dichter, Geschichtschreiber, Geographen, ausgenommen den Hellanikos, einmütig in dem Glauben, dass die Stadt des Priamos vollständig vernichtet worden sei*). Dies ist schon von einem wissenschaftlichen Beurteiler der Frage im Altertum genügend hervorgehoben worden. Wie Hekabe und Priamos in der Anschauung der Alten stets als die bedauernswertesten Repräsentanten gefallener Herrschergrösse auftreten, so erscheint Troia als das erschütterndste Beispiel einer von Feindeshand erstürmten,

---

*) Wenn Schliemann (Ilios S. 191) seine Behauptung, dass Troia nach der Zerstörung wieder aufgebaut sei, auf eine Stelle Strabons (p. 608 Ὅμηρος — — — ἐμφαίνει — μεμενηκότα τὸν Αἰνείαν ἐν τῇ Τροίᾳ καὶ διαδεδεγμένον τὴν ἀρχὴν καὶ παραδεδωκότα παισὶ παίδων τὴν διαδοχὴν αὐτῆς) zu stützen versucht, so hat er übersehen, dass in diesen aus Demetrios entlehnten Worten „Troia" nicht die Stadt, sondern das Land bedeutet (vgl. p. 584). Auch in der homerischen Stelle (Il. XX 306), wo die Herrschaft der Aineiaden „über die Troer" prophezeit wird, ist selbstverständlich nicht die Stadt Ilion gemeint, sondern Volk und Land. Dionys. Hal. I 53 gebraucht zwar den Ausdruck βασιλεῦσαι τῆς Τροίας, erläutert aber gleich darauf die Worte Homers durch die Wendung: ἐν Φρυγίᾳ δυναστεύοντας. Noch nie ist Jemand darauf verfallen, aus diesen Stellen den Wiederaufbau Troias herauszulesen. Vergl. auch Schwegler Röm. Gesch. I S. 294 ff.

von allen Gräueln der Eroberung heimgesuchten und endlich dem Erdboden gleichgemachten Stadt.

Es ist eigentlich beschämend, dass man gewissen Zweiflern gegenüber diese einfache Thatsache immer wieder constatieren und immer von neuem hinweisen muss auf Stellen wie Aischylos' Agamemnon (524)*), wo der Herold die Ankunft des siegreichen Heerführers verkündet:

„Begrüsst ihn also freundlich; denn so ziemt es ihm,
der Ilion zerstörte mit des Rächers Zeus
gewalt'gem Karst, dass umgewühlt da liegt das Land.
Altär' und Göttersitze sind dahingestürzt,
des ganzen Landes Same rings hinweggetilgt.

Ja, der des Truges schuldig und des Weiberraubs,
ging seines Fangs verlustig und, in Staub zerschellt
sammt seinem Lande, tilgt' er aus den Vatersitz.
So büssten die Priamiden zwiefach ihre Schuld."

Oder jene Stelle (818), wo Agamemnon selber, der gefeierte Zerstörer der Stadt, berichtet:

„Am Rauch erkennt man Trojas Trümmerreste noch;
die Todesstürme wehen; und mitsterbend haucht
des alten Reichtums fetten Qualm die Asch' empor".

Oder, wo Kassandra sagt (1167):

„O Noth, o Noth der Stadt, welche so ganz zu grund
gegangen."

Oder endlich, wo in den Eumeniden (455) Orestes sagt:

„Ich bin von Argos; meinen Vater kennst du wohl,
Agamemnon, jener Flottenmacht Befehliger,
mit dem du Trojas hohe Burg in Schutt und Staub
hinabgestürzt hast".

Und nun erst die anschauliche Schilderung, die Euripides in den Troerinnen entwirft!

Im Prolog erscheinen Poseidon und Athene; jener ist von tiefem Bedauern über das Geschick der ihm so lieben Stadt erfüllt:

„So lebe wohl, du einstens hochbeglückte Stadt
und glattbehauene Türme; hätt' euch Pallas nicht,
Zeus Kind, vertilgt, ihr stündet fest und sicher noch".

*) Dieses und die folgenden Citate nach Poet. scen. graec. ed. Dind. Lips. 1869.

(Zu Athene gewandt:)

Ist endlich wohl dein alter Hass erloschen jetzt,
und fühlst du Mitleid, da die Stadt in Asche liegt?“

Das ganze Stück ist ein einziges grauses Bild voll Gewalt-
thätigkeit und Vernichtung, voll Mord und Brand; es schliesst
effectvoll mit der Klage um die in Rauch und Flammen zusam-
menbrechenden Mauern (1316):

Hekabe.

Weh, Prachthäuser der Götter, traute Stadt!

Chor.

Weh', Weh'.

Hekabe.

Verwüstungsflamm' und Feindesschwert verheert-euch!

Chor.

Ihr stürzt sogleich namenlos zum Boden hin.

Hekabe.

In Wirbeln fliegt zum Himmel auf der Staub wie Rauch-
    säulen,

vom Mauernsturze quellend.

Chor.

Zu nichte ward unser Land, vertilgt wird
alles irgendwie und nicht mehr
ist das arme Troja.

Hekabe.

O hört, vernahmt ihr?

Chor.

Pergam stürzt mit Krachen ein.

Hekabe.

Der Erde Schüttern überwogt die ganze Stadt.
Weh!
Tragt mich, zitternde Gelenke,
Hebet den Schritt zum Elend im Sklavenleben hin!

Chor.

Weh, du arme Stadt! — — —.

So erscheint der Untergang des homerischen Troia in Dichtung und Sage der Griechen stets als ein vollständiger. Von
einer Fortdauer der Stadt nach jener Katastrophe, von einer
Wiederauferstehung derselben aus Schutt und Asche
findet sich nirgends eine Andeutung, weder in den uns erhaltenen
Dichtungen noch in den Fragmenten der Epiker, der Tragiker

und Lyriker, obwohl sonst Anspielungen auf Zeitgenössiges diesen Dichtern durchaus nicht fernliegen. Mit Recht konnte daher der gelehrte Demetrios, als er auf diese einmütige Auffassung der Sache seitens der nachhomerischen Autoren hinwies, sich mit der Anführung eines einzigen Citates begnügen.

Dasselbe ist einer Rede des Lykurgos († um 329 v. Chr.) entnommen. Wir besitzen diese glücklicherweise noch in ihrem Wortlaut, so dass also der auf gewisser Seite so beliebte Ausweg, den Demetrios für einen „Lügner" zu erklären, diesmal vollständig abgeschnitten ist.

Lykurgos weist in seiner Rede gegen Leokrates (c. 60) darauf hin, dass eine Stadt, wenn sie auch noch so sehr im Unglück sich befinde, immer noch die Aussicht auf eine günstige Wendung ihres Schicksals habe, wenn sie aber vollständig vernichtet sei ($\pi\alpha\nu\tau\acute{\alpha}\pi\alpha\sigma\iota\ \gamma\epsilon\nu\acute{\epsilon}\sigma\vartheta\alpha\iota\ \mathring{\alpha}\nu\acute{\alpha}\sigma\tau\alpha\tau o\nu$), habe sie auch diese Aussicht verloren. Wie ein Mensch, so lange noch Leben in ihm vorhanden, hoffen dürfe, aus dem Unglück herauszukommen, während mit dem Eintritt des Todes alles für ihn verloren sei, so verhalte es sich auch mit den Städten. Es sei aus mit ihnen, sobald sie zerstört wären ($\mathring{o}\tau\alpha\nu\ \mathring{\alpha}\nu\acute{\alpha}\sigma\tau\alpha\tau o\iota\ \gamma\acute{\epsilon}\nu\omega\nu\tau\alpha\iota$). Die Zerstörung sei recht eigentlich der Tod einer Stadt. Zum Beweis diene zunächst Athen, das die Knechtung durch die Tyrannen, die Herrschaft der Dreissig, die Zerstörung seiner Mauern durch die Spartaner durchgemacht, und sich dennoch wieder emporgearbeitet habe. Nicht so diejenigen Städte, die einmal der völligen Zerstörung anheimgefallen seien ($\mathring{o}\sigma\alpha\iota\ \pi\acute{\omega}\pi o\tau\epsilon\ \mathring{\alpha}\nu\acute{\alpha}\sigma\tau\alpha\tau o\iota\ \gamma\epsilon\gamma\acute{o}\nu\alpha\sigma\iota$).

Dann fährt Lykurgos fort:

„Wer hat nicht gehört, dass Troia — — —, nachdem es von den Hellenen zerstört worden, jetzt für immer unbewohnt ist?" *)

Dies Zeugnis ist ebenso durchschlagend wie unanfechtbar. Es ist dies übrigens derselbe Lykurgos, der durch den bekannten Gesetzesvorschlag betr. die Anfertigung eines athenischen Staatsexemplares der drei grossen Tragiker seinen Sinn für litterarische Akribie so glänzend bekundet hat**).

---

*) *Τοῦτο μὲν γάρ, εἰ καὶ παλαιότερον εἰπεῖν ἐστι, τὴν Τροίαν τίς οὐκ ἀκήκοεν, ὅτι μεγίστη γεγενημένη τῶν τότε πόλεων καὶ πάσης ἐπάρξασα τῆς Ἀσίας, ὡς ἅπαξ ὑπὸ τῶν Ἑλλήνων κατεσκάφη, τὸν αἰῶνα ἀοίκητός ἐστιν;*

**) Vit. X orat. p. 341.

Auch noch andere Zeugnisse hätte, soweit wir jetzt urteilen können, der gelehrte Kritiker des 2. Jahrhunderts v. Chr. anführen können, z. B. das des Platon, der in den Gesetzen (p. 682) davon spricht, dass die Achaeer nach zehnjähriger Belagerung Troia vollständig vernichteten (ἀνάστατον ἐποίησαν) oder des Redners Isokrates, der denselben Ausdruck gebraucht hat*), oder endlich des Timaios (s. unten S. 14) ganz abgesehen von dem negativen Zeugnis der angesehensten Autoren, wie Herodotos und Thukydides, die im Eingang ihrer Werke die Zerstörung Troias erwähnen, ohne irgendwie auf eine spätere Wiederherstellung der Stadt hinzuweisen**).

Wenn nun Demetrios behauptet, es gebe nur einen einzigen Autor, der dem Glauben der Ilienser an die Identität beider Städte beipflichte, nämlich den Hellanikos, so ist kein Grund vorhanden, die Richtigkeit dieser Angabe zu bezweifeln und etwa vorauszusetzen, dass auch noch andre, uns nicht mehr erhaltene Autoren jenen Glauben geteilt hätten.

Mit dem Ansehen und der Glaubwürdigkeit des Hellanikos aber steht es bekanntermassen sehr bedenklich. Demetrios selber deutet bei dieser Gelegenheit an, dass, wenn hier den Iliensern zu Gefallen die Identität anerkannt werde, solche unwissenschaftliche Liebedienerei ganz der Gewohnheit des Hellanikos entspreche***). Auch von Anderen wird ihm Leichtfertigkeit und Vorliebe für Fabeleien und Erdichtungen zum Vorwurf gemacht†). Er ist in dieser Hinsicht der richtige Repräsentant der kritiklosen, nach Popularität haschenden Logographen. Seine Neigung, Localsagen (τὰ ἐπιχώρια) in kritikloser Weise anzunehmen und vor

---

*) Isocrat. paneg. p. 181. καὶ τοὺς μὲν περὶ τὰ Τρωικὰ γενομένους μιᾶς γυναικὸς ἁρπασθείσης οὕτως ἅπαντας συνοργισθῆναι τοῖς ἀδικηθεῖσιν ὥστε μὴ πρότερον παύσασθαι πολεμοῦντας, πρὶν τὴν πόλιν ἀνάστατον ἐποίησαν — —.

**) Mahaffy bei Schliemann Ilios S. 764 fragt: „Aber warum konnte er [Demetrios] nicht für die entgegengesetzte Meinung eine ebenso alte und ansehnliche Autorität [wie Hellanikos] anführen?" Die Nichtigkeit dieses Einwandes liegt doch auf der Hand.

***) Strab. p. 602. Ἑλλάνικος δὲ χαριζόμενος τοῖς Ἰλιεῦσιν, οἷος ἐκείνου θυμός, συνηγορεῖ τὸ τὴν αὐτὴν εἶναι πόλιν τὴν νῦν τῇ τότε.

†) Strab. X p. 451. Ἑλλάνικος — — — πλείστην εὐχέρειαν ἐπιδεικνύμενος ἐν πάσῃ σχεδόν τι τῇ γραφῇ. — XI p. 508. Thuc. I 97. Sopat. bei Phot. cod. 161. 72. Hellan. fr. ed. Sturz p. 16. 9. — Thuc. I 21. Dionys. iud. de Thuc. c. 5. 11. Das Lob des Dionys. I 48, die Aineiassage betr. ist hier ohne Bedeutung.

der anderweitigen Ueberlieferung zu bevorzugen, ist genügend bekannt. Es wird sich aber im weiteren Verlauf dieser Darstellung zeigen, dass im vorliegenden Fall auch die politischen Verhältnisse die Parteinahme des Hellanikos für die Ilienser von vornherein erklärlich erscheinen lassen.

In welcher Form Hellanikos in seinen *Τρωικά* für die Ilienser Zeugnis ablegte, ist nicht genau zu ermitteln; wir besitzen nur die kurze Andeutung Strabons. Keinesfalls kann dieses Zeugnis so gelautet haben, wie Herr Schliemann (Ilios S. 191. 193) seine Leser glauben machen möchte. Denn dass Hellanikos nicht dafür eingetreten ist, dass Aineias in dem nicht völlig zerstörten, resp. „wiederaufgebauten Troia" geherrscht habe, lehrt der einfache Umstand*), dass Hellanikos in seiner „Chronik der argivischen Herapriesterinnen" als unser ältester Gewährsmann der römischen Aineiassage auftritt. Er lässt den Aineias zusammen mit Odysseus aus dem Lande der Molosser nach Italien wandern und die Stadt — „Rom" gründen! Freilich kann Hellanikos, genau genommen, überhaupt nur als Berichterstatter über die bei den Iliensern gangbare Legende gelten (Dion. de Thuc. 5, 3), nicht als denkender, kritisch abwägender Gewährsmann, wie es nach dem Zeugnis des Strabon z. B. Demetrios war.

Demetrios, aus Skepsis, einem Nachbarorte Ilions, gebürtig, schrieb in der ersten Hälfte des 2. Jahrh. v. Chr. ein Werk von 30 Büchern, den *Τρωικὸς διάκοσμος*, in dem er mit einem ungewöhnlichen Aufwand von Gelehrsamkeit und Scharfsinn unter anderm die ethnographischen und topographischen Verhältnisse der Ilias, insbesondere auch die Frage nach der Lage Troias, eingehend behandelte. Die Glaubwürdigkeit dieses Forschers, der den besten wissenschaftlichen Autoren der späteren Zeit als Quelle diente, anzuzweifeln, ist gänzlich unberechtigt**). Geradezu frivol

---

*) Dionys. Hal. I 72 (vgl. 22). Schwegler Röm. Gesch. I S. 303 f.

**) Einen fast unbegreiflichen Angriff hat neuerdings R. Hercher („Vier homerische Flüsse") gegen Demetrios ausgeführt. Mit der ihm eigentümlichen Phraseologie wirft er dem hochachtbaren Gelehrten ungefähr sieben Seiten hindurch „willkürliche Erfindungen", „Lügen", „Phantastereien" und „Schwindeleien" vor und meint, dass es ihm „auf eine Hand voll Lügen nicht ankam", während er drei Seiten weiter ganz unbefangen erklärt: „Man darf voraussetzen, dass Demetrios, ein Mann, der in der Gegend von Troas Bescheid wusste, auch die Küste des Hellespontes zwischen Dardanos und Abydos begangen und besichtigt haben wird u. s. w." — und: „Ich kann nicht glauben, dass Demetrios aus purer Lust am

aber erscheint der Versuch seinen Charakter zu verdächtigen*).
Die Befähigung des Demetrios zu einem endgültigen Urteil über

Anderswissen oder weil er zur höheren Ehre seiner Vaterstadt Skepsis die
Quellen der vier Flüsse in der Umgegend derselben vereinigen wollte, sich
habe verführen lassen, der Wahrheit ins Gesicht zu schla-
gen u. s. w." Das Sprüchwort „Wer einmal lügt, dem glaubt man nicht"
hat auch auf dem Gebiete einer gesunden wissenschaftlichen Kritik seine
Geltung. Indessen hat der Vorwurf der Lüge in Herchers Munde jede Geltung verloren, seitdem in den letzten Schriften dieses verdienstvollen Gelehrten leider eine wahre Manie zu Tage getreten ist, überall „Lügen" und
„Entstellungen" zu wittern. Wir würden die ganze Sache schon darum

(Fortsetzung s. nächste Seite.)

*) Nachdem bereits Grote Gesch. Griechenlands I S. 227 d. Ueb. die
Andeutung gemacht, dass nach dem Emporblühen Neu-Ilions „von den die
Stadt umgebenden Nachbarn in Skepsis und Alexandreia Troas — teils,
wie man annehmen kann, aus Eifersucht, teils aus der zeitgemässen
Neigung zur Kritik und Erläuterung der alten Dichter — — — ein Schlag
auf die mythische Legitimität der Stadt Ilion versucht" worden und Demetrios „einer der fleissigsten Kritiker des Homer" und Hestiaia ihre „er-
schreckende Theorie" aufgestellt hätten, — war es Herrn Schliemann vor-
behalten, diese massvolle Andeutung des englischen Historikers in folgende
energische Anklageformel zu bringen (Ilios S. 193): „Auch scheint dies
[d. i. die Leugnung der Beweise für die Identität] in der That niemand
gethan zu haben mit Ausnahme des Demetrios von Skepsis und der Hestiaia
von Alexandreia Troas, die aus blosser Eifersucht und Missgunst
die allgemein anerkannte Identität bestritten". (Vergl. S. 237 u. ö.).
Noch intensiver tritt die Feindseligkeit gegen den alten Kritiker bei
dem Mitarbeiter Schliemanns, Professor J. P. Mahaffy, zu Tage. Er
spricht nicht nur mit Geringschätzung von einem „gewissen" Demetrios und
von der „gelehrten Dame" Hestiaia, sondern fasst auch sein Urteil folgen-
dermassen zusammen: „Die Beweisführung des Demetrios ist rein die
eines missgünstigen Pedanten, der die Ilier um ihres jungen
Glückes willen hasste, und der mit antiquarischen Gründen das Ansehen, dessen sie sich erfreuten, herabzusetzen bemüht war!" (Ilios
S. 765). Wie alsdann diese Verdächtigungen durch den bekannten Apparat
der Publicistik unter die grosse Menge gebracht wurden, ist wohl noch
frisch in Jedermanns Erinnerung. Besondere Verdienste hat sich in dieser
Richtung Herr A. Milchhöfer erworben. Sein Urteil über Demetrios und
Hestiaia (Nord und Süd von P. Lindau XXI B. 1882 S. 71) bildet ein
passendes Seitenstück zu der Auffassung Mahaffys. Zur richtigen Würdigung des Demetrios hat ausser den schon früher („Alt-Ilion" S. 26 f. 95 f.
„Zur Lösung etc." S. 32) Angeführten sowie Th. Bergk Griech. Literaturgesch. I S. 784 neuerdings beigetragen: Gaede Demetrii Scepsii quae sup.
diss. Greifswald 1880. Sodann ein Aufsatz in der Edinburg. Rev. 1881 n.
314 S. 542 f. (hebt besonders die „Absurdität" jener Anklage hervor).
Ebenso Jebb Homeric and Hellenic Ilium. Hellenic studies 1881 vol. II
p. 36, vergl. das oben im Vorwort Angeführte.

die schwierigen Fragen der troischen Topographie muss um so
grösser gewesen sein, da er ein Landeskind war und in der Um-

---

unerwähnt gelassen haben, wenn nicht erst kürzlich diese „Homerischen
Aufsätze" (Berlin 1881) der Beachtung des Publicums wieder besonders
empfohlen worden wären. Der willkürliche Versuch Herchers, den Simoeis
aus der homerischen Landschaft zu „eliminieren", weil er angeblich erst
von einem (vorhesiodischen) Nachdichter in dieselbe „hineingelogen" sei,
hat natürlich wenig Anklang gefunden und ist von zuständiger Seite mit
Recht als ein „Akt baarster Willkür" bezeichnet worden. Nicht minder
ungerechtfertigt ist sein Angriff gegen die „Vier homerischen Flüsse" (Rhesos,
Heptaporos, Karesos und Rhodios Il. XII 20), die ebenfalls „eliminiert"
werden sollen, weil Hercher zuerst ganz willkürlich voraussetzt, alle acht
an jener Stelle genannten Flüsse müssten dem Wortlaut nach als gleich-
gross und gleich mächtig angesehen werden (was natürlich ein Un-
ding ist) und weil er dann in der Landschaft keine solche acht gleichgrosse
Flüsse vorfindet. Hercher entnimmt eine Hauptwaffe dem Abschnitt des
Strabon (p. 602 f.), der von den homerischen Flüssen der Troas handelt
und grösstenteils Angaben des Demetrios enthält. Da hier nun manche
wirkliche oder scheinbare Widersprüche und Unklarheiten vorliegen, so
muss Demetrios — ein „Lügner" sein. Auch Strabon freilich ist einmal
ähnlich gegen den Mann losgefahren, dem er sonst so unbedingtes Vertrauen schenkt. Aber er fügte sofort an seinen Tadel ein schwerwiegendes
Vertrauensvotum an ($\tau\ddot{\alpha}\lambda\lambda\alpha$ $\delta\dot{\epsilon}$ $\dot{\upsilon}\pi o\lambda\alpha\mu\beta\acute{\alpha}\nu o\mu\epsilon\nu$, $\ddot{\eta}$ $\tau\acute{\alpha}$ $\gamma\epsilon$ $\pi\lambda\epsilon\~i\sigma\tau\alpha$, $\delta\epsilon\~i\nu$ $\pi\rho o\varsigma$-
$\acute{\epsilon}\chi\epsilon\iota\nu$ $\dot{\omega}\varsigma$ $\dot{\alpha}\nu\delta\rho\grave{\iota}$ $\dot{\epsilon}\mu\pi\epsilon\acute{\iota}\rho\omega$ $\varkappa\alpha\grave{\iota}$ $\dot{\epsilon}\nu\tau o\pi\acute{\iota}\omega$ $\varphi\rho o\nu\tau\acute{\iota}\sigma\alpha\nu\tau\acute{\iota}$ $\tau\epsilon$ $\tau o\sigma o\~u\tau o\nu$ $\pi\epsilon\rho\grave{\iota}$ $\tau o\acute{\upsilon}\tau\omega\nu$
$\varkappa\tau\lambda$.), was Hercher unerwähnt lässt. Und doch ist Demetrios ganz
unschuldig an der Gereiztheit sowohl seines antiken wie seines modernen
Tadlers. Dass des Demetrios' Angaben nur teilweise wörtlich und authentisch bei Strabon vorliegen, hat Hercher selber betont. Dass aber ausserdem Strabon auch nur Excerpte aus Demetrios, die er bei Apollodoros
oder sonstwo vorfand, und nicht den $T\rho\omega\iota\varkappa\grave{o}\varsigma$ $\delta\iota\acute{\alpha}\varkappa o\sigma\mu o\varsigma$ selber vor Augen
gehabt habe, ist ziemlich wahrscheinlich (B. Niese im Rh. Mus. XXII
S. 279 ff. 297). Missverständnisse sind daher von vornherein sehr erklärlich.
Ich habe in einer früheren Schrift (Alt-Ilion S. 47. 135 ff. 84 f. 144) auf
die hauptsächlichsten Gründe der Verwirrung und Unklarheiten in jenem
Abschnitt Strabons hingewiesen, namentlich auch darauf, dass Strabon die
Angaben des Demetrios über die homerische Troas mit den Nachrichten
über Aiolis zusammenwirft. Schon bei den ältesten Autoren herrschte diese
Confusion; Strabon klagt ausdrücklich über die häufige Verwechslung der
Grenzen beider Landschaften. Viele homerische Ortsnamen der Troas waren
nämlich von den aiolischen Ansiedlern (wie wir weiter unten noch aus-
führen werden) auf die umfassendere Landschaft Aiolis übertragen worden,
so z. B. der Name Aisepos. Der nicht unbedeutende historische Fluss
Aisepos kann aber schlechterdings nicht identisch sein mit dem homerischen Aisepos, den Demetrios in der Nähe von Alt-Skepsis nachwies,
das wiederum seitwärts von dem oberen Menderes lag. Der historische
Aisepos und Granikos können gewiss nicht als Wassergräben ($\dot{o}\chi\epsilon\tau o\acute{\iota}$) be-

gebung Ilions sozusagen jeden Weg und Steg von Jugend auf kannte (ἀνὴρ ἐντόπιος). Hätten wir die einschlägige Partie seines Werkes unversehrt erhalten, so wäre die ganze Frage sofort entschieden. Die Unvollständigkeit und Lückenhaftigkeit der von Strabon überlieferten Excerpte aus jenem Werk verursacht jedoch manche Schwierigkeiten. Indessen ist man in neuerer Zeit von verschiedenen Seiten her bemüht gewesen, den hohen Wert dieses vortrefflichen Gewährsmannes zu der verdienten Anerkennung zu bringen.

Schon vor Demetrios hatte die gelehrte Hestiaia von Alexandreia Troas darauf hingewiesen, dass die Ebene vor Neu-Ilion zwischen Rhoiteion und Sigeion nicht der homerische Kampfplatz gewesen sein könne, da in früherer Zeit das Meer noch tief in dieselbe eingeschnitten habe und also jener Stadt ziemlich nahe gekommen sei.

Demetrios, der sich ihren Ausführungen anschloss, kam nun auf Grund seiner Studien und Localforschungen zu folgender Auffassung:

Neu-Ilion ist nicht identisch mit dem homerischen Troia. Die gegenteilige Behauptung der Ilienser ist eine eitle Anmassung *), die mit den Localschilderungen Homers, mit der Ansicht aller nachhomerischen Autoren (Hellanikos ausgenommen), ja mit den noch gebräuchlichen Ortsbezeichnungen in der Umgebung Ilions in völligem Widerspruch steht. Auch die damit zusammenhängende Behauptung der Ilienser, dass Troia von den Hellenen nicht voll-

---

zeichnet werden, wie Demetrios die homerischen Flüsschen nennt. Bei Plinius (V 124) hat sich ja auch deutlich die Scheidung zwischen dem historischen Skamander und dem homerischen Xanthus Simoenti iunctus erhalten. Bei Strabon lässt sie sich andeutungsweise erkennen. Wie bei den Flüssen war es auch bei mehreren Städtenamen: Polichne, Neakome, Argyria, Alype sind nicht am historischen Aisepos, sondern zwischen dem oberen Menderes und dem Dardanellenbach (homerischer Aisepos) zu suchen. Demetrios versteht unter „Troas“ ein viel engeres Gebiet als Strabon. Seine Localforschung erstreckte sich auf den kleinen Raum, auf die Miniaturverhältnisse der eigentlichen Troas nordöstlich bis Abydos, Strabon aber las die Angaben seiner Excerpte stets durch das Vergrösserungsglas der willkürlichen Ortsbenennungen der Aioler. Daher seine Unklarheit und seine plötzliche Gereiztheit gegen Demetrios (p. 603).

*) Strab. p. 593. οἱ δὲ νῦν Ἰλιεῖς φιλοδοξοῦντες καὶ θέλοντες εἶναι ταύτην τὴν παλαιὰν παρεσχήκασι λόγον τοῖς ἐκ τῆς Ὁμήρου ποιήσεως τεκμαιρομένοις. — p. 600. λέγουσι δ᾽ οἱ νῦν Ἰλιεῖς καὶ τοῦτο ὡς οὐδὲ τελέως ἠφανίσθαι συνέβαινεν τὴν πόλιν κτλ.

ständig zerstört und von seinen Bewohnern zu keiner Zeit gänzlich verlassen worden wäre, ist unrichtig. Die Berufung auf die jährliche Opfersendung der Lokrer nach dem Athenetempel von Neu-Ilion [auf die wir weiter unten zurückkommen] ist durchaus nicht beweiskräftig.

Die wirkliche Baustelle Troias ($\tau\tilde{\eta}\varsigma\ \dot{\alpha}\varrho\chi\alpha\acute{\iota}\alpha\varsigma\ \pi\acute{o}\lambda\varepsilon\omega\varsigma$) befindet sich vielmehr östlich von Neu-Ilion in einer Entfernung von 30 Stadien (= 1½ Stunden), da wo das Dorf der Ilier liegt [bei dem heutigen Dümbrek-kjöi]*). Allerdings sind hier keine Trümmer mehr vorhanden; denn die Zerstörung der Stadt war eine gründliche gewesen ($\tau\alpha\acute{v}\tau\eta\varsigma\ \dot{\varepsilon}\varkappa$ $\beta\acute{\alpha}\vartheta\varrho\omega\nu\ \dot{\alpha}\nu\alpha\tau\varepsilon\tau\varrho\alpha\mu\mu\acute{\varepsilon}\nu\eta\varsigma$) und die Bausteine wurden später zum Aufbau der Nachbarstädte weggeschleppt. Von Archaianax von Mitylene wird z. B. ausdrücklich berichtet, dass er Steine des alten Troia bei dem Bau der Stadt Sigeion verwandt habe. Wenn aber Timaios berichtete, dass auch Periandros bei der Gründung des Ortes Achilleion solche Steine verwendet habe, so zeigte sich, wie Demetrios hervorhebt, bei genauerer Untersuchung diese Angabe nicht begründet**). [Jedenfalls geht doch aus dieser Stelle deutlich hervor, dass auch Timaios an die völlige Zerstörung Troias glaubte.]

Nachgrabungen in modernem Stil hat Demetrios auf der Stätte Troias beim Dorfe der Ilier natürlich nicht angestellt***).

---

*) Strab. p. 597 $\dot{\eta}\ \tau\tilde{\omega}\nu\ {}'I\lambda\iota\acute{\varepsilon}\omega\nu\ \varkappa\acute{\omega}\mu\eta,\ \dot{\varepsilon}\nu\ \tilde{\tilde{\eta}}\ \nu o\mu\acute{\iota}\zeta\varepsilon\tau\alpha\iota\ \tau\grave{o}\ \pi\alpha\lambda\alpha\iota\grave{o}\nu\ {}''I\lambda\iota o\nu$ $\dot{\iota}\delta\varrho\tilde{\iota}\sigma\vartheta\alpha\iota\ \pi\varrho\acute{o}\tau\varepsilon\varrho o\nu$. Dass es sich hierbei nicht um eine subjective Vermutung des Demetrios handelt, lehrt der Ausdruck $\nu o\mu\acute{\iota}\zeta\varepsilon\tau\alpha\iota$. Dies eine Wörtchen widerlegt, wie jeder philologisch geschulte Leser bemerken wird, alle Anschuldigungen, die man gegen Demetrius erhoben hat.

**) Strab. p. 597—604 gibt im wesentlichen Fragmente aus dem Werk des Demetrios, die sich auf die Lage des homerischen Troia beziehen. Indessen sind diese Notizen weder erschöpfend noch auch unversehrt überliefert.

***) Hinsichtlich des Verschwindens der Baureste Troias macht Herr Schliemann (Ilios S. 202) folgende höchst seltsame Einwendung gegen Demetrius: „Unbegründet ist die Angabe des Demetrios, Troia sei spurlos verschwunden, da man seine Steine zum Wiederaufbau anderer Städte, besonders für die Mauern von Sigeion, verwendet habe. Wenn, wie ich zu beweisen hoffe, Hissarlik die Lage Troias bezeichnet, so lagen, als Sigeion im 7. Jahrh. v. Chr. erbaut wurde, die trojanischen Mauern bereits über 20 Fuss tief unter der Oberfläche des Bodens begraben, und da man über dem Boden keine Spuren der alten Stadt mehr sah, so glaubten natürlich die Leute, dass selbst die Ruinen gänzlich verschwunden wären:

Dagegen hat er, unter Bezugnahme auf die noch damals gebräuchlichen Namen der Landmarken, gezeigt, dass der Erineos,
die Batieia, die Buche, das Grabmal des Ilos, die Kallikolone sich
in der Nähe d i e s e r Stätte, also ziemlich weit von Neu-Ilion,
befänden, während andrerseits die Lage des Aisyetesgrabes und
des Schiffslagers wegen allzugrosser Nähe bei Neu-Ilion deutlich
gegen dieses, aber für die Gegend beim Dorfe der Ilier spreche.

Von besonderer Wichtigkeit aber war es, dass er bei diesem
Dorfe die Stelle der von Homer geschilderten, schöngefassten
b e i d e n Q u e l l e n nachweisen konnte, in deren Nähe Hektor von
Achilleus erlegt wurde (Il. XXII 147 ff.). Die eine von ihnen,
die heisse, war freilich mittlerweile in Folge von Erdbeben ver-
siegt; die andre aber, die eiskalte, war damals noch vorhanden*).
Auch heutzutage findet sich bei Dümbrek-kjöi nahe am Flusse,
wie zuverlässige Messungen ergeben haben, die k ä l t e s t e Q u e l l e
der ganzen Troade (12° C.), und da hier zugleich die einzige Spur
von vulkanischem Boden innerhalb der Ebene zu Tage tritt, so
ist die Möglichkeit eines Ausbleibens der heissen Quelle in Folge
von Erdbeben, von denen das Land auch jetzt noch sehr oft
heimgesucht wird, von vornherein zulässig.

Da aber Demetrios auch die Formation der die Kampfesebene
umschliessenden und ihren oberen Teil in zwei Thäler scheidenden
Höhenzüge sehr anschaulich geschildert hat, so kann kaum noch
ein Zweifel darüber aufkommen, dass er das Dümbrekthal für
den eigentlichen Schauplatz, für das ἴδιον Τρωικόν, den Dümbrek
also und den Erenkjöibach, die sich vor Neu-Ilion vereinigten,
für die h o m e r i s c h e n Flüsse Skamandros und Simoeis angesehen hat**).

etiam periere ruinae." — Demetrios berichtet beiläufig, dass auf der (30
S t a d i e n v o n N e u - I l i o n [Hissarlik] e n t f e r n t e n) Baustätte Troias keine
Trümmer übrig wären, Schliemann bezeichnet dies als „unbegründet", weil
er selber im Hügel von Hissarlik, den er für die Stätte Troias hält, Baureste ausgegraben hat. Der Zweck dieses Einwandes ist uns durchaus unverständlich geblieben.

*) Strab. p. 602; vgl. p. 58. — Zur Lösung der troj. Fr. S. 95 f.

**) Dass der Erenkjöibach ganz gut dem unbedeutenden Gewässer ent-
spricht, welches Homer mit dem Namen Simoeis bezeichnet, ist eine Thatsache, gegen die sich absolut nichts Stichhaltiges einwenden lässt. Den
Dümbrek als Skamander hat man nun für unmöglich erklärt, hauptsächlich
weil er zu klein sei. Um dies plausibler zu machen, hat man ihm
seinen unteren Lauf, von Hissarlik an, abschneiden und ihn so zu einem

Auf **diesen** Schauplatz passen aber auch verschiedene Angaben anderer Autoren, so z. B. die Unterscheidung, die **Plinius**

Nebenflüsschen des Kalifatli-asmak degradieren wollen. Ich habe indessen diesen Versuch mit bis jetzt unwiderlegten Gründen entschieden zurückgewiesen (Zur Lösung der tr. Fr. S. 65 ff.). Der Kalifatli-asmak existiert gar nicht als wirklicher Fluss; am allerwenigsten kann er, im Hinblick auf Homers Angaben, den Skamander repräsentieren. Da aber auch der heutige Menderes eingestandenermassen nicht in die homerische Landschaft passt, so bleibt doch nur der Dümbrek als der eigentliche homerische Fluss übrig.

Der Dümbrek aber ist in seinem oberen Lauf allerdings nur ein starker Gebirgsbach und erscheint in Folge der Anschwemmungen und der Versumpfung des Bodens sowie der Ableitung einiger Mühlgräben auch im mittleren Teil des Thales jetzt nicht sehr bedeutend. Ja, er teilt sich schon vor jenem Sumpfe in mehrere Arme. Am Ende desselben aber, dicht vor Hissarlik, steht er — zur Ueberraschung seiner Verächter — plötzlich als „grosser, breiter, vielfach gewundener Stromlauf mit steilen, 6—8 Fuss hohen Ufern da, dessen Bett freilich durch viele Inseln unterbrochen, aber stellenweise doch recht tief ist." Und von da bis zur Küste ist seine relative Stattlichkeit noch von Niemand angefochten worden. Nichts hindert uns aber anzunehmen, dass er ehedem, bevor in Folge der ausserordentlichen Vernachlässigung des Bodens die Sumpfbildung eingetreten ist, auch im mittleren Teil des Thales von · ähnlicher Beschaffenheit gewesen sei. Nach jener Wiederauferstehung und nachdem er seitlich die trägen Gewässer des Kalifatli-asmak aufgenommen hat, wendet sich dann der „Bergstrom" dem Hellespont zu und mündet in einiger Entfernung vom Menderes in die Lagunen. Bezeichnend für den Dümbrek sind aber die schnelle Strömung und das kleine und grosse Geröll auf seinem Boden (daher denn auch διν´ηεις), und sodann die hohen, steilen, vielfach unterwaschenen Ufer mit ihrer auffallend reichen Vegetation von Tamariskenstrauchwerk und Vitex Agnus castus, von Weiden, Ulmen und Platanen, durchzogen von Brombeeren, Weinreben und anderen Schlinggewächsen, was alles vortrefflich zur homerischen Schilderung passt. Als echtes Bergwasser, reissend und geröllführend, ist er von den meisten Besuchern charakterisiert worden, und mit alledem stimmen fast sämmtliche Beiwörter bei Homer, welche ihn durchaus nicht als ein „ungeheures Gewässer" erscheinen lassen, wie kürzlich ganz willkürlich behauptet wurde.

Die relative Kleinheit des Dümbrek ist aber auch in der vorliegenden Frage von keiner Bedeutung. Schon im Altertum hatte man von dem homerischen Skamander eine geringe Vorstellung. Der „kleine Skamander", der „im Sande dahinschleichende Bach" oder der „vertrocknende Xanthus", ein Fluss „nicht viel grösser als ein Wassergraben", das sind die charakteristischen Bezeichnungen, die ihm die alten Autoren beilegen (s. Zur Lösung d. tr. Fr. S. 71). Man wusste also recht wohl, dass er stellenweise ein „Bach" war, „durch den man, ohne sich die Stiefel ausziehen zu müssen, durchgehen kann", wie es neuerdings bezeichnet wurde. Dass erst **Homer** mit dichterischer Freiheit ihn zu etwas Besonderem gemacht habe, nament-

(n. h. V 124) zwischen dem bei Sigeion mündenden S c a m a n d e r
a m n i s n a v i g a b i l i s [Menderes] und dem X a n t h u s S i m o e n t i
i u n c t u s oder Palaescamander [Dümbrek] macht. Ferner die Lage
des Hektorgrabes und des Hektorhaines bei Ophrynion am N o r d -
o s t e n d e des Dümbrekthales *). Ebenso die Lage des Ilos-
grabes im Thale des historischen Simoeis [Dümbrek] **).

Dass jenes Kampfterrain im Dümbrekthal verhältnismässig
klein ist, thut wenig zur Sache. Immerhin ist es noch unendlich
viel grösser als das zwischen Hissarlik, Kalifatli - asmak und dem
Dümbrek - su gelegene Stückchen Land, das nach Schliemanns
Theorie den Kampfplatz bildete. Ueberhaupt ist es seltsam, wenn
dieselben Leute, die an dem minutiösen Umfang des Schliemann-

---

lich in der Scene des Kampfes gegen Achilleus, wo er plötzlich als ge-
waltiges Element auftritt, nahm man schon im Altertum an (Philostr. her.
ed. K. p. 201 sq. Propert. IV 1, 23 sq.). Hier vor allem ist dem D i c h t e r
Rechnung zu tragen und darf nicht mit Messstange und Senkblei ihm
nachgerechnet werden. Die Alten fanden durchaus nichts Auffallendes in
solchen unerwarteten Metamorphosen.

Philostratos (heroic. p. 152) erzählt die Geschichte von einem jungen
Reisenden aus Assyrien, der bei der Besichtigung der Sehenswürdigkeiten
in Neu-Ilion sich verschiedene unmotivierte Aeusserungen über Hektor er-
laubt hatte, und der darauf dicht vor der Stadt von einem kleinen namen-
losen Gewässer, das plötzlich anschwoll (ποταμὸς οὕτω βραχύς, ὡς μηδ'
ὄνομα αὐτοῦ ἐν Τροίᾳ εἶναι, μέγας ἐκ μικροῦ αἴρεται), auf Befehl des ge-
wappnet erscheinenden Heroen erfasst und sammt seinem Gespann zer-
malmt wurde, so dass man nicht einmal mehr seinen Leichnam fand. Ein
vortreffliches Seitenstück zu der homerischen Scene (Il. XXI) und zugleich
ein Beweis, wie die wundergläubige, dichtende Phantasie aus kleinen Ur-
sachen grosse Wirkungen hervorgehen lässt.

Von besonderer Bedeutung ist es übrigens, dass der Dümbrek - Skamandros, den Voraussetzungen Homers entsprechend, den Kampfplatz
zwischen der Stadt und dem am Rhoiteion (genauer an dem στόμα μακρόν
des Jntepe) befindlichen Schiffslager nirgends durchschneidet, sondern nur
auf der linken Seite begrenzt. Homer erwähnt dreimal eine Furt, aber
nirgends ein Ueberschreiten des Flusses (s. „Zur Lösung“ S. 55). Und
doch war vielfach Gelegenheit, ja Nötigung, dies zu erwähnen. (So im
III. Ges., wo der Herold und Priamos zum Heere gehen; im VII. Rückmarsch
der Achaier, Idaeos geht hin und her; im VIII. Hektor nahe dem Lager,
Lagerfeuerscene; im IX. Flucht der Troer, später der Achaeer, dann wieder
der Troer u. so öfter). Der Fluss bildete offenbar k e i n Verkehrshindernis
zwischen Stadt und Lager. (Anders C h r i s t Die sachlichen Widersprüche
der Ilias S. 144 ff., dessen Darlegung uns nicht überzeugend erscheint).

*) Strab. p. 595. Lycophr. Alex. 1208.

**) Theocr. id. 16, 73.

schen Troia keinen Anstoss nehmen, weil eben Homer dichterisch übertrieben habe, in der Frage des Kampfterrains sich auf die augenscheinlich übertriebenen Zahlenangaben unseres jetzigen Homertextes betreffs der kämpfenden Truppen berufen, um ein sehr grosses Terrain postulieren zu können. Der Kern der Ilias, der ursprüngliche Homer, hatte auch hier ohne Zweifel weit mässigere Angaben. Und selbst dieser Homer konnte an der ihm vorliegenden Tradition bereits das Privilegium der dichterischen Ausschmückung in Anwendung gebracht haben.

Der Ansicht des Demetrios schloss sich namentlich Strabon (geb. 66 oder 58 v. Chr.) an. Ihm verdanken wir, wie bereits erwähnt, die wichtigen Mitteilungen aus dem Werke des Demetrios ($T\varrho\omega\iota\varkappa\grave{o}\varsigma$ $\delta\iota\acute{a}\varkappa\sigma\mu\sigma\varsigma$). Leider sind dieselben in dem uns überlieferten Text des Strabon nicht allein sehr fragmentarisch und im einzelnen vielfach entstellt, sondern es kommt auch noch dazu, dass Strabon die Angaben des Demetrios teilweise missverstanden hat. Daher die vielen Schwierigkeiten für die modernen Beurteiler.

Nun entsteht noch die Frage: Hat sich nach der Zeit des Demetrios, als Neu-Ilion durch den Schutz der Römer zu Macht und Ansehen gelangt war, nicht doch eine Auffassung unter den Autoren geltend gemacht, die mit der des Demetrios im Widerspruch stand?

Auf der einen Seite erscheint allerdings die Verehrung der Römer für das Atheneheiligtum mit seinem Palladion und sonstigen Heiligtümern aus uralter Zeit sowie mit seinen an Troia anknüpfenden Traditionen fast als eine unbegrenzte, und diese Verehrung liess sich durch kritische Betrachtungen nicht irre machen. Andrerseits finden sich aber bis in die späteren Perioden des Altertums sehr bedeutsame Stimmen, die von der Verödung der ursprünglichen Baustelle reden, und ebenso Stellen, aus denen die Nichtidentität von Troia und Neu-Ilion deutlich hervorgeht.

Zu den letzteren gehört, um mit den griechischen Autoren zu beginnen, zunächst die Erzählung des Diodoros (IV 32) von der Eroberung Troias durch Herakles. Sie enthält freilich nur einen indirecten Hinweis, darf aber deshalb nicht ganz übergangen werden.

Nachdem Herakles an der troischen Küste gelandet war, rückte er selber mit den Tapfersten seiner Leute gegen die Stadt, während er den Oikles, den Sohn des Amphiaraos, als Befehlshaber bei den Schiffen zurückliess. Der König Laomedon, durch die unerwartete Ankunft der Feinde überrascht, raffte schleunigst zusammen, was im Augenblick an Truppen vorhanden war, und zog hinab an den Strand, um die Flotte anzuzünden. Er besiegte auch den Oikles und tötete ihn, die Schiffe aber entkamen auf das hohe Meer. Mittlerweile war Herakles unbemerkt vor Troia gerückt. Erst auf der Rückkehr traf der König mit der von Herakles befehligten Abteilung dicht vor der Stadt zusammen und fand dort im Kampfe den Tod.

Die Localanschauung, die diesem Bericht zu grunde liegt, ist nicht wohl vereinbar mit der Lage Ilions auf Hissarlik dicht an der Küste; sie weist vielmehr darauf hin, dass die homerische Stadt in einem Seitenthal zu suchen ist.

Ungleich wichtiger ist die Erwähnung Alt-Ilions bei Pausanias (X 33).

Derselbe berichtet, dass zu seiner Zeit (Mitte des 2. Jahrh. n. Chr.) am Kephissos eine kleine Ansiedlung, Ledon genannt, existiere, deren Bewohner gleich denen von Panopeis am Phokischen Bunde teilnähmen. Die Ledontier hätten in Folge des Frevels eines ihrer Mitbürger, des Philomelos, ihren ursprünglichen Wohnsitz eingebüsst. Die Trümmer der alten Stadt (*Λέδοντος τῆς ἀρχαίας*) seien 40 Stadien weiter oben [im Gebirge] noch vorhanden.

Dann fährt er fort:

„Unersetzlichen Schaden haben aber auch andere Städte durch Vergehen von Eingeborenen erlitten; namentlich sind in vollständige Vernichtung (*ἐς τελέαν ἀπώλειαν*) gestürzt worden: Ilion durch den von Paris an Menelaos verübten Frevel und Miletos in Folge seiner Nachgiebigkeit gegen die Bestrebungen des Histiaios u. s. w."

Milet hat bekanntlich durch Xerxes eine ähnliche Zerstörung erfahren wie Troia durch Agamemnon. Nach Strabon ist aber die Baustelle des alten Milet (*ἡ πάλαι Μίλητος*) nicht identisch mit der späteren Stadt (*ἡ νῦν πόλις*).

Aus der Art nun, wie Pausanias neben Ledon und Milet auch Ilion anführt, ergiebt sich deutlich, dass er eine vollständige Verödung der alten Baustelle voraussetzte*), mit anderen Worten,

---

*) Hiermit stehen auch nicht im Widerspruch die Stellen VIII 12, 9 und I 35, 4, die sich aus der herkömmlichen Art der officiellen Bezeichnung der Sieger in Olympia (V 8, 11: *Αἰολεὺς ἐκ πόλεως Τρῳάδος*) leicht erklären.

dass er ganz auf dem wissenschaftlichen Standpunkt des Demetrios und Strabon stand*).

Dasselbe gilt von Lukianos, der in seinem Charon (c. 23) den Hermes folgende Auskunft über die berühmtesten Städte der Vorzeit erteilen lässt:

Ninive ist spurlos verschwunden. Babylon, mit Thürmen und Ringmauern wohl versehen, ist zwar noch vorhanden, bald aber wird man auch nach ihm erst suchen müssen. „Mykenae aber und Kleonae schäme ich mich fast dir zu zeigen, ganz besonders aber Ilion. — — — Ehedem waren es blühende Städte, jetzt sind sie tot; denn wie die Menschen so sterben auch die Städte u. s. w.“

Wer damals (d. i. im 2. Jahrh. n. Chr.), als Neu-Ilion mit seinem grossen Athenetempel, seinen sonstigen Heiligtümern und öffentlichen Gebäuden (Rathhaus, Theater u. s. w.) und seiner grossen Stadtmauer noch in voller Blüthe stand und alle erdenkbaren Auszeichnungen seitens der römischen Kaiser genoss, in dieser Weise über das homerische Ilion urteilte, der kann unmöglich beide für identisch gehalten haben.

Dies gilt endlich auch noch von Euenos, der in einem Epigramm**) berichtet:

„Die heilige Ilios hat Feuersglut für immer zerstört.“

Wie man überhaupt in wissenschaftlich gebildeten Kreisen über die Legende der Ilienser dachte, dafür besitzen wir noch ein lehrreiches Zeugnis.

Der Rhetor Dion Chrysosthomos (Ende des 1. und Anf. des 2. Jahrh. n. Chr.) hat in seiner elften Rede, die an die Ilienser gerichtet ist und das Thema behandelt, „dass Troia gar nicht eingenommen worden sei,“ die einfältigen Prahlereien der Ilienser mit dem feinsten Spott gegeisselt. Indem er eine ernste Miene annimmt, sucht er den „Nachkommen der alten Trojaner“

------

*) Dabei ist zu beachten, dass Pausanias, indem er sich gegen den Anspruch der Argeier, dass sie das Palladion besässen (ἄγαλμα κεῖσθαι παρὰ σφίσιν Ἀθηνᾶς τὸ ἐκκομισθὲν ἐξ Ἰλίου καὶ ἁλῶναι ποιῆσαν Ἴλιον) wendet, ausdrücklich das in Rom befindliche Palladion, das die Einnahme Troias verursacht habe, für das ächte erklärt (II 23, 5): τὸ μὲν δὴ Παλλάδιον — — — δῆλόν ἐστιν ἐς Ἰταλίαν κομισθὲν ὑπὸ Αἰνείου. — Aehnlich schon früher Ovid. fast. VI 424: Pallada Roma tenet.

**) Jacobs delectus epigr. graec. IX 7:
Ἴλιον ἱρὴν αἰῶνος τέφρη κατεδήδοκεν.

(ὑπὲρ γὰρ τῶν ὑμετέρων προγόνων ἐσπούδακα) klar zu machen, dass bei Anwendung einer methodischen, rein sachlichen Kritik allerdings aus den Gedichten des Homer deutlich hervorgehe, wie schwer dieser Dichter zum Nachteil der Ilienser gegen die Wahrheit gesündigt und wie der Krieg in Wirklichkeit einen ganz andern Verlauf genommen habe, indem nicht die Griechen, sondern die Troianer Sieger geblieben seien! Nicht aus Gefälligkeit gegen die Ilienser (οὔϑ᾽ ὑμῖν χαριζόμενος — cf. Strab. p. 602) und auch nicht aus Aerger oder Neid gegen den Ruhm Homers wolle er die „Lügen“ desselben aufdecken, sondern „um der Wahrheit willen“ und besonders der Göttin Athene zulieb, damit sie nicht ferner dafür angesehen werde, als habe sie ihre eigne Stadt ungerechterweise vernichtet. Derartige Sarkasmen verwendet Dion in jener Rede vielfach. Kein Autor hat überhaupt die Anmassungen Neu-Ilions mit einer solchen Lauge schärfsten Spottes übergossen wie dieser in ganz Hellas und Kleinasien gefeierte Schönredner *).

Auch Philostratos hat (zu Anfang des 3. Jahrh.) in seinem umfangreichen Dialog Heroikos keine Sympathien für die Ilienser verrathen. Er lässt den auf dem Chersonnes ortseingesessenen Winzer, der sich des stäten, intimen Verkehrs mit dem Heroen Protesilaos erfreut und aus dessen Munde mannichfaltige Einzelheiten aus dem Kampfe vor Troia und interessante Charakteristiken der alten Helden sowie des Homeros selber vernommen haben will, alle möglichen merkwürdigen Angaben über jene Ereignisse machen. Nur der Behauptung der Ilienser, dass sie das alte Troia bewohnten, dass die Stadt nicht vollständig zerstört sei u. s. w. u. s. w., hat er mit keiner Silbe gedacht, auch nicht bei dem Bericht über Aineias. Er erwähnt die Zerstörung Troias mehrmals in der hergebrachten Weise. Ja, der Mythos von dem Vergehen des Aias gegen Kassandra, auf den die Ilienser ihre örtliche Legende recht eigentlich begründeten, wird von ihm in Uebereinstimmung mit Demetrios geradezu als ein Schwindel bezeichnet **).

----

*) Schliemann Ilios S. 239 rechnet ihn, unter Berufung auf Grote, zu den Vertretern der Identitätstheorie.

**) Philostr. heroic. p. 175: τὴν δὲ Κασάνδραν ἀποσπάσαι μὲν [sc. τὸν Αἴαντα] ἀπὸ τῆς ᾽Αϑηνᾶς ἔδους προσκειμένην τῇ ϑεῷ καὶ ἱκετεύουσαν, οὐ μὴν βιάσασϑαί γε οὐδ᾽ ὑβρίσαι εἰς αὐτὴν, ὁπόσα οἱ μῦϑοι ἐς αὐτὸν ψεύδονται κτλ. — Vergl. Strab. p. 600: καὶ ταῦτα δ᾽ οὐχ ῾Ομηρικά· οὐδὲ γὰρ τῆς Κασάνδρας φϑορὰν οἶδεν ῾Ομηρος — — — βίας δὲ οὐδὲ μέμνηται κτλ. — Eher

Allen diesen Zeugnissen gegenüber kann aber doch die Stelle des Rhetor Aristides (im 2. Jahrh. n. Chr.), auf die man mit Vorliebe hinweist, nicht ins Gewicht fallen*). Sie kann es um so weniger, wenn man sie in ihrem Zusammenhang auffasst. Es handelt sich nämlich um eine Ermunterung der Rhodier zum Wiederaufbau ihrer zerstörten Stadt. Sie sollen den Muth nicht sinken lassen und freudig der Zukunft vertrauen, so gross auch ihr Verlust wäre. Wie viele Städte habe schon das Schicksal getroffen, nach Vernichtung ihrer Einwohner zu veröden oder zerstört oder verbrannt zu werden. Um nur das Bekannteste auszuwählen, so müsse man bedenken, „dass Ilios, die mächtigste unter den damaligen Städten Asiens, erobert worden, und doch werde noch jetzt [ein] Ilios bewohnt (ἀλλ' ὅμως οἰκεῖται νῦν Ἴλιος) und es sei sogar, wie es heisse, zweimal eingenommen worden, erstlich von Herakles, sodann von den Hellenen in dem vielbesungenen Kriege. Einige aber behaupteten, auch zum drittenmal in späteren Zeiten“ [d. i. durch Charidemos oder Fimbria]**).

Der Zweck des Redners erklärt zur Genüge die historische Ungenauigkeit. Die Fortdauer des Namens, das Vorhandensein der Bewohner, die den ruhmvollen Namen Ilions fortführten, ist hier offenbar die Hauptsache, wie auch schon aus der Anwendung der dichterischen Form Ἴλιος hervorgeht.

Nicht viel mehr Bedeutung ist endlich gewissen Anspielungen später Autoren beizulegen, wie sie z. B. Polyaenos und Plutarchos***) bei der Erwähnung der Einnahme Neu-Ilions durch

---

könnten die Verteidiger der Identität sich auf die Stelle des Philostratos im Leben des Apollonios (IV 16, 3, vgl. dagegen V 26) berufen, wenn sie nicht gar zu allgemein gehalten wäre und mit der späteren Geschichte Neu-Ilions im Widerspruch stünde.

*) Aristid. rec. Dind. I p. 819: ἐνθυμεῖσθαι χρὴ καὶ τὰ τῶν παλαιῶν. — — — ἀλλ' οὖν πολλαὶ δὴ πόλεις αἱ μὲν ἀναστάτων τῶν ἐχόντων αὐτὰς γενομένων ἐρημίᾳ κατελύθησαν, αἱ δὲ κατεσκάφησαν, αἱ δὲ ἐνεπρήσθησαν· ὧν ὅσα γνωριμώτατα ἐκλέγοντας ἐνθυμεῖσθαι χρὴ καὶ λέγειν πρὸς ὑμᾶς αὐτούς, ὅτι ἑάλω μὲν Ἴλιος, ἡ δυνατωτάτη τῶν ἐν τῇ Ἀσίᾳ πόλις κατ' ἐκείνους τοὺς χρόνους, ἀλλ' ὅμως οἰκεῖται νῦν Ἴλιος, καὶ ταῦτα δίς, ὡς φασιν, ἁλοῦσα, ἅπαξ μὲν ὑπὸ Ἡρακλέους, δεύτερον δὲ ὑπὸ Ἑλλήνων κοινῇ τῷ θρυλουμένῳ πολέμῳ· φασὶ δέ τινες καὶ τρίτον ἐν τοῖς κάτω καιροῖς.

**) Die letzten Worte: φασὶ δέ τινες κτλ. sind wohl ein späterer gelehrter Zusatz zu der Stelle des Rhetors.

***) Polyaen. strateg. III 14, wo es am Schlusse heisst: τῆς πόλεως ἐκράτησαν, ὥστε, εἰ χρή τι καὶ παῖξαι, δεύτερον ἑάλω τὸ Ἴλιον πάλιν ἵππῳ καταστρατηγούμενον. Der Wortlaut zeigt, wie wenig ernst der Autor

Charidemos, ferner Appian oder Augustinus gelegentlich der Gewaltthat des Fimbria machen*). Der Name der Stadt ist hier stets der harmlose Anknüpfungspunkt. Oder will man etwa auch das sarkastische Wort des Stratonikos**) über die Anwesenheit des Sophisten Satyros in Neu-Ilion: „Immer hat doch Ilion Pech" (ἀεὶ Ἰλίῳ κακόν), zu einem gewichtigen Zeugnis für die Identität***) aufbauschen?

Bei den rōmischen Dichtern ist, obwohl die Ilienser als angebliche Stammesgenossen und directe Abkömmlinge der alten Troer in Rom stets der herzlichsten Sympathie begegneten, durchweg die Voraussetzung einer vollständigen Zerstörung der Priamosstadt vorherrschend; nirgends erscheint (abgesehen von einem Fragment des Ennius) eine Andeutung, dass Troia längere oder kürzere Zeit nach dem Kriege wieder auferstanden sei.

Es ist kaum nötig, an so allgemein bekannte Schilderungen wie die des sagen- und antiquitätenkundigen Vergilius zu erinnern, der das dritte Buch der Aeneis mit den Worten einleitet:

Postquam res Asiae Priamique evertere gentem
Immeritam visum Superis ceciditque superbum
Ilium et omnis humo fumat Neptunia Troia,

Litora cum patriae lacrimans portusque relinquo
Et campos, ubi Troia fuit.

Nur auf eine Stelle†) mag wegen ihrer Aehnlichkeit mit der

---

selber den Vergleich nahm. Der Nachdruck liegt auf der komischen Pferdegeschichte. Vgl. Plut. Sertor. I. Schon A. Boeckh C. I. Gr. I 3595 bemerkt zu diesen Berichten: tertia Ilii expugnatio per iocum appellata. — Demosthenes erwähnt ganz kurz die Einnahme Ilions durch Charidemos (in Aristocr. c. 154 p. 671): λαβὼν δὲ πίστεις καὶ δοὺς ὀλιγωρήσας τῶν ὅρκων καὶ παραβὰς αὐτοὺς ἀφυλάκτων ὄντων, ὡς ἂν πρὸς φίλον τῶν ἐν τῇ χώρᾳ, καταλαμβάνει Σκῆψιν καὶ Κέβρηνα καὶ Ἴλιον.

*) S. unten S. 59. — Ebenso Ennius (ann. XI 359 f. ed. V.) s. unten S. 57. — **) Athen. VIII 350.

***) Mit welchem Recht auch Stephanos Byz. und Suidas von Schliemann (Ilios S. 205) unter den Zeugen für die Identitätstheorie aufgezählt werden, ist uns unverständlich geblieben.

†) Verg. Aen. I 601 ff.:

Non tibi Tyndaridis facies invisa Lacaenae,
Culpatusve Paris, divom inclementia, divom
Has evertit opes sternitque a culmine Troiam.

Hic ubi disiectas moles avolsaque saxis

obenerwähnten Darstellung des Euripides noch besonders hingewiesen sein. Während des furchtbaren Zerstörungswerkes erscheint dem noch unschlüssigen Aineias seine göttliche Mutter und
bedeutet ihm, dass nicht Menschenwille, sondern der Zorn der
Götter die Ursache der Vernichtung Troias ist (I 601 ff.). Sie
lichtet das Dunkel, das den Blick des Sterblichen umfängt, und
lässt ihn erkennen, wie Neptunus mitten unter gewaltigen Trümmer-
haufen, in Staub- und Rauchwolken gehüllt, mit dem Dreizack
die Fundamente der Mauern zertrümmert und die ganze Stadt
von Grund aus umstürzt, und wie Juno, Athene und Zeus
selber die Feinde anspornen. Dann erscheint vor seinen Blicken
ganz Troia als ein einziges Flammenmeer, und der stolze Bau
Neptuns kracht zusammen gleich der mächtigen, alten Gebirgs-
esche, die von den Aexten der Landleute gefällt wird.

Auch in Ovidius' Dichtungen, die doch von den mannich-
faltigsten Versionen der alten griechischen Mythen durchflochten
sind, tritt nirgends eine andre Anschauung hervor als die: Troia
ist zerstört, in den Staub gesunken — für immer.
So z. B. metam. XV 420:

>   — — — — — — Sic omnia verti
> Cernimus atque illas assumere robora gentes,
> Concidere has. Sic magna fuit censuque virisque
> Perque decem potuit tantum dare sanguinis annos,

> Saxa vides mixtoque undantem pulvere fumum,
> Neptunus muros magnoque emota tridenti
> Fundamenta quatit totamque a sedibus urbem
> Eruit. Hic Juno Scaeas saevissima portas
> Prima tenet, sociumque furens a navibus agmen
> Ferro accincta vocat.
> Jam summas arces Tritonia, respice, Pallas
> Insedit, limbo effulgens et Gorgone saeva.
> Ipse Pater Danais animos viresque secundas
> Sufficit, ipse deos in Dardana suscitat arma.
>
> — — — — — — — — — — —
>
> Tum vero omne mihi visum considere in ignis
> Ilium et ex imo verti Neptunia Troia;
> Ac veluti summis antiquam in montibus ornum
> Cum ferro accisam crebrisque bipennibus instant
> Eruere agricolae certatim; illa usque minatur
> Et tremefacta comam concusso vertice nutat,
> Volneribus donec paullatim evicta supremum
> Congemuit traxitque iugis avolsa ruinam.

Nunc humilis veteres tantummodo Troia ruinas
Et pro divitiis tumulos ostendit avorum.

Als Nachfolgerin Troias, als das echte Neu-Ilion kennt Ovid, gleich anderen römischen Dichtern, nur Rom; so in der Weissagung der Carmenta (fast. I 523):

Victa tamen vinces eversaque Troia resurges;
Obruit hostiles ista ruina domos.
Urite victrices Neptunia Pergama flammae!
Num minus hic toto est altior orbe cinis?
Jam pius Aeneas sacra et, sacra altera, patrem
Adferet: Iliacos accipe, Vesta, deos *).

Ovid hatte Neu-Ilion mit seinem Athenetempel besucht **) und auch die Stätte gesehen, auf die das Palladion vom Himmel herabgefallen sein sollte. Aus seinen Worten geht aber nicht mit Bestimmtheit hervor, dass diese Stelle, die „auf den zu Troia gehörenden Höhenztügen" lag, in Neu-Ilion selber gezeigt wurde. Der heiligen Legende der Ilienser widerspricht er geradezu mit den entschiedenen Worten: „Pallada Roma tenet." Mag nun das Pallasbild von Diomedes und Ulysses geraubt oder von Aineias aus den Flammen gerettet worden sein, — was immer darüber

---

*) [Ueber Ennius (ann. I 93): in Roma Troia revixsti! s. Vahlen Enn. poes. p. 184].— Propert. V 1, 87: Troia cades et Troica Roma resurges. — Martial. XI 4, 1: Sacra laresque Phrygum, quos Troiae maluit heres
Quam rapere arsuras Laomedontis opes.

**) Ovid. fast. VI 421:
Creditur armiferae signum caeleste Minervae
Urbis in Iliacae desiluisse iuga.
Cura videre fuit; vidi templumque locumque
Hoc superest illi: Pallada Roma tenet.
Consulitur Smintheus, lucoque obscurus opaco
Hos non mentito reddidit ore sonos:
„Aetheream servate deam, servabitis Urbem:
Imperium secum transferet illa loci."
Servat et inclusam summa tenet Ilus in arce,
Curaque ad heredem Laomedonta redit.
Sub Priamo servata parum; sic ipsa volebat,
Ex quo iudicio forma revicta sua est.
Seu genus Adrasti, seu furtis aptus Ulixes
Seu pius Aeneas eripuisse datur.
Auctor in incerto; res est Romana. Tuetur
Vesta, quod assiduo lumine cuncta videt.

gefabelt wird: Rom ist im Besitz des echten Palladium — „res est Romana!"

Auch Lucilius hat dem Reiselustigen die Worte in den Mund gelegt (Aetn. 588):

> Miramur Troiae cineres et flebile bustis
> Pergamon extinctosque suo Phrygas Hectore.

Wichtiger aber als dies alles sind zwei Dichterstellen, aus denen sich unzweifelhaft ergibt, dass man in Rom nicht allein von der Verödung der Baustelle Alt-Ilions die bestimmteste Kenntnis hatte, sondern dass man auch mehrmals mit der Absicht umging, die homerische Stadt auf dieser ursprünglichen Baustelle in voller Herrlichkeit wieder aufzurichten.

Lucanus schildert den Besuch Caesars in der Troas, wenn nicht geradezu auf Grund eigner Ortskenntnis, so doch jedenfalls nach guten Berichten und Informationen.

Caesar, der bereits in frther Jugend für die hohe Abkunft seines Geschlechtes von Aphrodite und Aineias schwärmte, nimmt, als er nach der Schlacht bei Pharsalus im J. 48 v. Chr. dorthin kommt, von den Ansprüchen Neu-Ilions wenig Notiz. Er steht ganz auf dem Standpunkt des gelehrten Griechentums.

Die denkwürdige Priamosstadt ist vollständig verschwunden, nur der Name haftet noch an der Stätte. Bäume wachsen aus den Fundamenten der ehemaligen Paläste und Tempel Troias empor, die ganze Pergamos ist mit Strauchwerk und Gehölz bedeckt; auch die Trümmer sind verschwunden*).

---

*) Lucan. Phars. IX 961:

> Sigeasque petit famae mirator arenas
> Et Simoentis aquas et Graio nobile busto
> Rhoetion et multum debentis vatibus umbras.
> Circuit exustae nomen memorabile Troiae
> Magnaque Phoebei quaerit vestigia muri.
> Jam silvae steriles et putres robore trunci
> Assaraci pressere domus et templa deorum
> Jam lassa radice tenent, ac tota teguntur
> Pergama dumetis: etiam periere ruinae.
> 970. Adspicit Hesiones scopulos, silvaque latentis
> Anchisae thalamos; quo iudex sederit antro;
> Unde puer raptus coelo; quo vertice Nais
> Luserit Oenone: nullum sine nomine saxum.
> Inscius in sicco serpentem pulvere rivum

So war oder so dachte man sich wenigstens damals die wahre Stätte des homerischen Ilion.

Und welche Gedanken erfüllten Caesar beim Anblick dieser ruhmvollen Einöde, der Stätte des ehemaligen Aufblühens und des Niederganges seiner Ahnen?

Von überwallenden Gefühlen hingerissen, errichtet er aus rasch zusammengesuchten Rasenstücken einen Altar und ruft die Gottheiten des verbrannten Troia, die noch jetzt die verödete Stätte bewohnen, und sodann die Gottheiten, die durch Aineias nach Lavinium, Alba longa und Rom gelangt sind, und endlich auch die j u n g f r ä u - l i c h e P a l l a s, die als denkwürdiges Pfand in einem a b g e - l e g e n e n T e m p e l (in abstruso templo) verehrt wird, feierlich zu Zeugen seines Gelöbnisses auf: Er werde, falls sie ihm eine glückliche Laufbahn gewährten, das alte Reich wiederherstellen, die Phrygerstadt wiederaufbauen und eine römische Pergamos a n d i e s e r S t e l l e neu erstehen lassen*).

Caesar bringt also ein Opfer an einem auf jener Stätte improvisierten Altar, nicht bei dem berühmten Atheneheiligtum oder dem Tempel des Zeus in Neu-Ilion, und er fleht die Schutz-

---

Transierat, qui Xanthus erat; securus in alto
Gramine ponebat gressus: Phryx incola manes
Hectoreos calcare vetat; discussa iacebant
Saxa nec ullius faciem servantia sacri:
Herceas, monstrator ait, non respicis aras?

*) Phars. IX 987:
Ut ducis implevit visus veneranda vetustas,
Erexit subitas congestu cespitis aras
Votaque turicremos non irrita fudit in ignes:
Di cinerum, Phrygias colitis quicumque ruinas,
Aeneaeque mei, quos nunc Lavinia sedes
Servat et Alba lares et quorum lucet in aris
Ignis adhuc Phrygius, nullique adspecta virorum
Pallas, in abstruso pignus memorabile templo,
Gentis Iuleae vestris clarissimus aris
Dat pia tura nepos, et vos in sede priore
Rite vocat: date felices in cetera cursus!
Restituam populos; grata vice moenia reddent
Ausonidae Phrygibus, Romanaque Pergama surgent.
Sic fatus repetit classes et tota secundis
Vela dedit loris avidusque urguente procella
Iliacas pensare moras Asiamque potentem
Praevehitur etc.

götter seiner Ahnen **auf ihrem ächten Stammsitz** (in sede priore) um glücklichen Erfolg für seine Unternehmungen an.

Kann man sich eine schärfere Verurteilung der Ansprüche der Ilienser denken, als sie hier in der Gegenüberstellung des „abgelegenen Athenetempels" und des wahren Sitzes der alttroischen Gottheiten vorliegt? Besonders bezeichnend ist auch die Erwähnung des „Altares des Zeus Herkeios" als eines an öder Stelle liegenden, ungeordneten Steinhaufens.

Ueber die Stadt Ilion mit dem „wieder aufgebauten Palast des Priamos" und den andern „ehrwürdigen Denkmälern" aus der Heroenzeit **schweigt** Lucanus; er schweigt auch über die herkömmlichen hochtrabenden Begrüssungsreden der Ilienser, die sie bei Caesars Ankunft sicherlich nicht unterlassen haben werden. (Näheres hierüber siehe weiter unten). Ja, aus der Art wie der Dichter seinem Helden auf jenem klassischen Boden sozusagen auf Schritt und Tritt neue Ueberraschungen bereiten lässt (974 ff.), leuchtet eine unverkennbare Ironie in Bezug auf den antiquarischen Eifer der Ilienser hervor.

Uebrigens muss es dem Caesar Ernst gewesen sein mit seinem Gelöbnis; denn Sueton*) berichtet in der Lebensbeschreibung desselben, es habe sich die nicht unbegründete Meinung verbreitet, Caesar wolle Italien verlassen und den Sitz des Reiches nach Alexandreia oder Ilion verlegen.

Denselben Gedanken hat aber auch **Augustus**, der ihn vielleicht als politisches Vermächtnis Caesars ansah, in Erwägung gezogen. Was ihn wieder davon zurückbrachte, wissen wir nicht. Nur die warnende Stimme des Horaz, der seinen Widerspruch in die poetische Form einer Götterdrohung einkleidete, ist auf uns gekommen. Juno selber, die Götterkönigin, die unversöhnliche Feindin des troischen Königsgeschlechtes, erhebt den Einspruch:

Od. III 3,37: Dum longus inter saeviat Ilion
      Romamque pontus, qualibet exules
      In parte regnanto beati;
      Dum Priami Paridisque busto

      Insultet armentum et catulos ferae
      Celent inultae, stet Capitolium

---

*) Sueton. Caes. 79: Quin etiam varia fama percrebruit, migraturum Alexandream vel Ilium, translatis simul opibus imperii exhaustaque Italia dilectibus et procuratione urbis amicis permissa.

> Fulgens triumphatisque possit
> Roma ferox dare iura Medis. —

57. Sed bellicosis fata Quiritibus
Hac lege dico, ne nimium pii
Rebusque fidentes a v i t a e ·
T e c t a v e l i n t r e p a r a r e T r o i a e.

Die Römer mögen sich die glänzendsten Triumphe erkämpfen und ihre Herrschaft ausdehnen, soweit und wohin auch immer sie wollen, falls nur T r o i a n i c h t w i e d e r a u f g e b a u t w i r d. Auch durch Rücksichten der Pietät dürfen sie sich nicht dazu verleiten lassen. In diesem Punkte gilt nur e i n Gesetz für sie: hands off!

Der klar und unwiderleglich hervortretende Grundgedanke auch dieser Auslassung ist der: Die wahre Stätte des homerischen Ilion ist verödet; sie war es seit dem grossen göttlichen Strafgericht und sie soll es bleiben für und für. Es ist dies aber genau die Anschauung des gelehrten Demetrios.

Wie bei den römischen Dichtern, so tritt auch bei den G e s c h i c h t s c h r e i b e r n allenthalben nur die eine Voraussetzung zu Tage: Das homerische Troia war zerstört, als Aineias sich zur Auswanderung anschickte. Die Einstimmigkeit der Autoren in dieser Beziehung ist so zweifellos, dass man sich nicht länger dabei aufzuhalten braucht*). Nirgends finden wir eine klare, sichere Andeutung, dass dieses homerische Troia nicht gänzlich zerstört oder nach dem Wegzug der Griechen wieder aufgebaut worden sei, wie die Ilienser später behaupteten. Lässt sich doch auch etwas dem ähnliches nicht einmal in denjenigen griechischen Autoren nachweisen, die, an die bekannte Weissagung bei Homer (Il. XX 306) anknüpfend, von einer Fortdauer der Herrschaft des Aineiadenstammes i m t r o i s c h e n L a n d e berichten**).

D a s h o m e r i s c h e T r o i a w a r v o n d e n G r i e c h e n v o l l s t ä n d i g z e r s t ö r t w o r d e n; e s i s t n i c h t i d e n t i s c h m i t d e m h i s t o r i s c h e n I l i o n.

---

*) S c h w e g l e r Röm. Gesch. I S. 283 ff. — Man erinnere sich nur an die einleitenden Worte des Livius (I 1): Iam primum omnium satis constat T r o i a c a p t a in caeteros saevitum esse Troianos; — — — Aeneam ab simili clade domo profugum; — — — c r e m a t a p a t r i a domo profugos sedem condendaeque urbis locum quaerere.

**) Vergl. oben S. 5 und S c h w e g l e r a. a. O. S. 293 ff.

Dies war — nach der vorgeführten Reihe litterarhistorischer Zeugnisse ist ein Zweifel nicht mehr möglich — die vorherrschende Ansicht des litterarisch gebildeten Altertums. Man hat diese Ansicht nicht mit Unrecht als die „wissenschaftliche" bezeichnet gegenüber der „populären" Meinung der Ilienser. Dass auch letztere vielfachen Glauben gefunden habe, ist natürlich nicht ausgeschlossen. Und in der That muss ja damals wie jetzt im gewöhnlichen Gedankenaustausch der Name Ilion stets mit der Erinnerung an die homerische Stadt eng verknüpft gewesen sein, und er mag auch vielfach politischen Bestrebungen oder geistreichen Anspielungen als Anhaltspunkt gedient haben, ohne dass kritische Bedenken geltend gemacht wurden. Allein fast überall, wo litterarische Zeugen mit ruhiger Ueberlegung von der Sache gesprochen haben, sind sie sich augenscheinlich des Unterschiedes zwischen Alt-Troia und Neu-Ilion wohl bewusst gewesen *).

Dem gegenüber bleibt es freilich unerklärlich, wie Herr Schliemann behaupten konnte: die von den Iliensern vorgebrachten Zeugnisse für die Identität scheine „in der That niemand in Frage gestellt zu haben mit Ausnahme des Demetrios von Skepsis und der Hestiaia von Alexandria, die aus blosser Eifersucht und Missgunst die allgemein anerkannte Identität bestritten" (Ilios S. 193). Und ferner: „Es scheint indess sicher, dass der Theorie der Hestiaia und des Demetrios kein anderer alter Schriftsteller ausser Strabon beigetreten ist" (Ilios S. 202). Ja, selbst in der XI. allgemeinen Versamm-

------

*) Vergl. Edinb. Rev. n. 314: The truth is that the identification of Homeric Troy with the Greek Ilium was, in the old Greek view, a paradox, which had no vitality, except at Ilium itself. The inhabitants of that place were very naturally anxious to keep up so glorious and lucrative a belief. — Jebb Homeric and Hellenic Ilium p. 31: It became the Homeric Troy — if we may be allowed the phrase — of official language and ceremonial. To deny this claim on a public occasion, — as when Augustus was decreeing favours to it, Nero speaking of it in the forum, or Caracalla honouring it with his presence, — would have been an uncourtly and unpopular heresy. It might have been expected that the set of the vulgar tide would have had its usual influence on the private judgment of ‚independent‘ and ‚original‘ critics. But when we inquire what appears to have been the general verdict of presumably competent judges, the result is very remarkable. — — — p. 42: On the other hand, the general verdict of competent ancient critics was decisively against this claim.

lung der Gesellschaft für Anthropologie (in Berlin am 5. August 1880) hat er ohne Bedenken erklärt: „Die Tradition des ganzen Alterthumes wies auf das aeolische Ilion als auf die Baustelle des homerischen Troia hin. Nur zwei Stimmen erhoben sich dagegen, nämlich die der H. v. A. und des D. v. Sk."

Wir brauchen über diese Entstellung der Thatsachen wohl kein Wort mehr zu verlieren. Der wahre Sachverhalt wird noch deutlicher, wenn man der Frage näher tritt: Worin bestand denn die eigentliche Bedeutung von Neu-Ilion?

II.

Die sicheren historischen Nachrichten über das griechische Ilion, das man nach dem Vorgang Strabons (Ἴλιον τὸ νῦν) ohne jedes Bedenken als Neu-Ilion bezeichnen darf, beginnen mit der Zeit des Xerxeszuges.

In den Jahrhunderten, die zwischen diesem Ereignis und der Zerstörung der alten Stadt liegen, erscheint die Stätte Troias in ein Dunkel gehüllt, von dem die spätere Forschung der Alten nur wenig zu lichten vermochte.

Dass ein Rest der alten troischen oder teukrischen Bevölkerung nach dem Kriege im Lande zurückgeblieben sei, galt in historischer Zeit als feststehende Thatsache*). Auf solche Abstammung erhoben namentlich die Bewohner von Gergis und Skepsis**) einen Anspruch, der ihnen, wie es scheint, von Niemand bestritten wurde. Die einheimische Tradition knüpfte an die homerische Weissagung (Il. XX 306) an, dass Aineias und seine Nachkommen dereinst über die Troer herrschen würden, und behauptete, dass Askanios, der Sohn des Aineias, und Skamandrios, der Sohn des Hektor, in Skepsis ein Fürstengeschlecht gegründet hätten, das bis in die historische Zeit herabreichte. Die

---

*) Herod. V 122: Ὑμέης — — — καταλιπὼν τὴν Προπόντιδα ἐπὶ τὸν Ἑλλήσποντον ἦγε τὸν στρατόν, καὶ εἷλε μὲν Αἰολέας πάντας, ὅσοι τὴν Ἰλιάδα νέμονται, εἷλε δὲ Γέργιθας τοὺς ὑπολειφθέντας τῶν ἀρχαίων Τευκρῶν. (VII 43). Vergl. Xen. hell. III 1, 10 ff. Pausan. VIII 12, 9. Athen. VI 256. Welcker Ep. Cycl. II S. 225 f.

**) Ueber die Lage von Gergis östlich von Neu-Ilion in der Umgebung des Ulu-dagh s. Alt-Ilion im Dümbrekthal S. 117. 142. Zur Lösung der tr. Fr. S. 3. Dass es nicht bei Bunarbaschi zu suchen sei, ergibt sich ganz deutlich aus Herod. VII 43. — Ueber die Lage von Skepsis im oberen Menderesthal s. Alt-Ilion s. 141 ff.

Nachkommen derselben behielten selbst dann noch ihren Königs-
titel nebst anderen Ehrenvorrechten, als die Verfassung der Stadt
in eine demokratische umgewandelt wurde *).

Diese von Niemand angezweifelten lokalen Traditionen in
Skepsis und Gergis sind sehr beachtenswerte Zeugnisse für die
Berechtigung des Glaubens an den historischen Kern der troianischen Sage, — eines Glaubens, den nicht nur die ältesten Geographen und Logographen, sondern selbst die besten Historiker,
wie Thukydides, teilten.

Grosse Unsicherheit herrschte aber bezüglich der Grenzen des
homerischen Troerreiches. Die Forschung nach denselben wurde
den Späteren besonders dadurch erschwert, dass bald nach der
Zerstörung der Stadt ein mehrfacher Wechsel der Bevölkerung
stattgefunden hatte. Benachbarte Phryger und andere thrakische
Stämme, die in Kleinasien eingebrochen waren, rückten gegen die
Nordwestküste vor und überfluteten die Troade. Dazu kamen noch
die verheerenden Einfälle der Kimmerier und Trerer, die Niederlassungen der Aioler und Ionier sowie die Ausbreitung der lydischen und der persischen Herrschaft nach der Küste hin **).

Am meisten jedoch trugen, wie Strabon behauptet ***), zu der
Verwirrung der Landschaftsgrenzen und der ethnologischen Verhältnisse die Ansiedlungen der Aioler bei.

Nachdem aiolische Colonisten, der alten Tradition zufolge,
unter der Führung der Nachkommen des Orestes, die durch den
Einbruch der Dorer in den Peloponnes aus ihrer Heimat verdrängt

---

*) Strab. XIII p. 607. Vergl. Schwegler Röm. Gesch. I S. 293 ff.,
wo auch die verschiedenen Gestaltungen der Aineiassage besprochen werden.

**) Strab. p. 473 (nach Demetrios): — — — $\Phi\varrho\upsilon\gamma\iota\alpha\nu$ $\tau\eta\nu$ $T\varrho\omega\alpha\delta\alpha$ $\varkappa\alpha$-
$\lambda o\tilde{\upsilon}\nu\tau\varepsilon\varsigma$ $\delta\iota\grave{\alpha}$ $\tau\grave{o}$ $\tau o\grave{\upsilon}\varsigma$ $\Phi\varrho\upsilon\gamma\alpha\varsigma$ $\dot\varepsilon\pi\iota\varkappa\varrho\alpha\tau\tilde{\eta}\sigma\alpha\iota$ $\pi\lambda\eta\sigma\iota o\chi\omega\varrho o\upsilon\varsigma$ $\ddot o\nu\tau\alpha\varsigma$ $\tau\tilde{\eta}\varsigma$ $T\varrho o\iota\alpha\varsigma$ $\dot\varepsilon\varkappa\pi\varepsilon$-
$\pi o\varrho\vartheta\eta\mu\acute\varepsilon\nu\eta\varsigma.$ — p. 565: $\dot\eta$ $\mu\grave\varepsilon\nu$ $o\tilde\upsilon\nu$ $\pi\alpha\lambda\alpha\iota\grave\alpha$ $\mu\nu\acute\eta\mu\eta$ [bei Homer] $\tau o\iota\alpha\acute\upsilon\tau\eta\nu$ $\tau\iota\nu\alpha$
$\dot\upsilon\pi\alpha\gamma o\varrho\varepsilon\acute\upsilon\varepsilon\iota$ $\tau\grave\eta\nu$ $\tau\tilde\omega\nu$ $\dot\varepsilon\vartheta\nu\tilde\omega\nu$ $\vartheta\acute\varepsilon\sigma\iota\nu.$ $\alpha\acute\iota$ $\delta\grave\varepsilon$ $\nu\tilde\upsilon\nu$ $\mu\varepsilon\tau\alpha\beta o\lambda\alpha\grave\iota$ $\tau\grave\alpha$ $\pi o\lambda\lambda\grave\alpha$ $\dot\varepsilon\xi\acute\eta\lambda\lambda\alpha\xi\alpha\nu,$
$\ddot\alpha\lambda\lambda o\tau'$ $\ddot\alpha\lambda\lambda\omega\nu$ $\dot\varepsilon\pi\iota\varkappa\varrho\alpha\tau o\acute\upsilon\nu\tau\omega\nu$ $\varkappa\alpha\grave\iota$ $\tau\grave\alpha$ $\mu\grave\varepsilon\nu$ $\sigma\upsilon\gamma\chi\varepsilon\acute o\nu\tau\omega\nu$ $\tau\grave\alpha$ $\delta\grave\varepsilon$ $\delta\iota\alpha\sigma\pi\acute\omega\nu\tau\omega\nu.$ $\varkappa\alpha\grave\iota$
$\gamma\grave\alpha\varrho$ $\Phi\varrho\upsilon\gamma\varepsilon\varsigma$ $\dot\varepsilon\pi\varepsilon\varkappa\varrho\acute\alpha\tau\eta\sigma\alpha\nu$ $\varkappa\alpha\grave\iota$ $M\upsilon\sigma o\grave\iota$ $\mu\varepsilon\tau\grave\alpha$ $\tau\grave\eta\nu$ $T\varrho o\iota\alpha\varsigma$ $\ddot\alpha\lambda\omega\sigma\iota\nu\cdot$ $\varepsilon\dot\iota\vartheta'$ $\ddot\upsilon\sigma\tau\varepsilon\varrho o\nu$
$\Lambda\upsilon\delta o\grave\iota$ $\varkappa\alpha\grave\iota$ $\mu\varepsilon\tau'$ $\dot\varepsilon\varkappa\varepsilon\acute\iota\nu\omega\nu$ $A\iota o\lambda\varepsilon\tilde\iota\varsigma$ $\varkappa\alpha\grave\iota$ $\text{"}I\omega\nu\varepsilon\varsigma,$ $\ddot\varepsilon\pi\varepsilon\iota\tau\alpha$ $\Pi\acute\varepsilon\varrho\sigma\alpha\iota$ $\varkappa\alpha\grave\iota$ $M\alpha\varkappa\acute\varepsilon\delta o\nu\varepsilon\varsigma,$ $\tau\varepsilon$-
$\lambda\varepsilon\upsilon\tau\alpha\tilde\iota o\iota$ $\delta\grave\varepsilon$ $\text{'}P\omega\mu\alpha\tilde\iota o\iota$ $\varkappa\tau\lambda.$ — p. 572. 573: $M\varepsilon\tau\grave\alpha$ $\delta\grave\varepsilon$ $\tau\grave\alpha$ $T\varrho\omega\iota\varkappa\grave\alpha$ $\alpha\tilde\iota$ $\tau\varepsilon$ $\tau\tilde\omega\nu$
$\text{'}E\lambda\lambda\acute\eta\nu\omega\nu$ $\dot\alpha\pi o\iota\varkappa\acute\iota\alpha\iota$ $\varkappa\alpha\grave\iota$ $\alpha\acute\iota$ $T\varrho\eta\varrho\tilde\omega\nu$ $\varkappa\alpha\grave\iota$ $\alpha\acute\iota$ $K\iota\mu\mu\varepsilon\varrho\acute\iota\omega\nu$ $\ddot\varepsilon\varphi o\delta o\iota$ $\varkappa\alpha\grave\iota$ $\Lambda\upsilon\delta\tilde\omega\nu$ $\varkappa\alpha\grave\iota$
$\mu\varepsilon\tau\grave\alpha$ $\tau\alpha\tilde\upsilon\tau\alpha$ $\Pi\varepsilon\varrho\sigma\tilde\omega\nu$ $\varkappa\alpha\grave\iota$ $M\alpha\varkappa\varepsilon\delta\acute o\nu\omega\nu$ $\tau\acute o$ $\tau\varepsilon$ $\tau\varepsilon\lambda\varepsilon\upsilon\tau\alpha\tilde\iota o\nu$ $\Gamma\alpha\lambda\alpha\tau\tilde\omega\nu$ $\dot\varepsilon\tau\acute\alpha\varrho\alpha\xi\alpha\nu$
$\pi\acute\alpha\nu\tau\alpha$ $\varkappa\alpha\grave\iota$ $\sigma\upsilon\nu\acute\varepsilon\chi\varepsilon\alpha\nu.$ $\gamma\acute\varepsilon\gamma o\nu\varepsilon$ $\delta\grave\varepsilon$ $\dot\eta$ $\dot\alpha\sigma\acute\alpha\varphi\varepsilon\iota\alpha$ $o\dot\upsilon$ $\delta\iota\grave\alpha$ $\tau\grave\alpha\varsigma$ $\mu\varepsilon\tau\alpha\beta o\lambda\grave\alpha\varsigma$ $\mu\acute o\nu o\nu$
$\dot\alpha\lambda\lambda\grave\alpha$ $\varkappa\alpha\grave\iota$ $\delta\iota\grave\alpha$ $\tau\grave\alpha\varsigma$ $\tau\tilde\omega\nu$ $\sigma\upsilon\gamma\gamma\varrho\alpha\varphi\acute\varepsilon\omega\nu$ $\dot\alpha\nu o\mu o\lambda o\gamma\acute\iota\alpha\varsigma$ $\pi\varepsilon\varrho\grave\iota$ $\tau\tilde\omega\nu$ $\alpha\dot\upsilon\tau\tilde\omega\nu$ $o\dot\upsilon$ $\tau\grave\alpha$ $\alpha\dot\upsilon\tau\grave\alpha$
$\lambda\varepsilon\gamma\acute o\nu\tau\omega\nu$ $\varkappa\tau\lambda.$ — p. 586.

***) Strab. p. 582.

waren, zuerst die Umgegend von Kyzikos sowie die Insel Lesbos besetzt hatten, fand von diesen beiden äussersten Punkten aus im Laufe der Zeit schrittweise die Besiedelung des troischen Küstenlandes statt*). Lesbos galt als Mutterland der meisten Städte der historischen Troas. Während nun in Lesbos und anderen frühen Niederlassungen der Aioler die Erinnerung an die von den Vorfahren im Kampfe gegen Troia vollführten Heldenthaten sich lebendig erhielt, während der unzweifelhaft historische Kern dieser Sage in den idealen Gestaltungen der Dichter seine Verherrlichung fand**), wussten die Ansiedler dem allem auch eine praktische Seite abzugewinnen. Die Aioler behaupteten nämlich gerade als Abkömmlinge des Agamemnon und der übrigen Besieger des Priamos an dieses Land, das mittlerweile von barbarischen Stämmen besetzt war, ein gutes Anrecht zu haben. In späterer Zeit bildeten die homerischen Gedichte für sie geradezu die Besitzurkunde ihrer Ansprüche; noch in dem Kampfe, den die Athener und Mitylenaeer im 6. Jahrhundert um das Sigeion führten***), berief man sich auf die Teilnahme der Vorfahren an dem Zuge gegen Troia. Und noch um die Mitte des 5. Jahrh. macht der Dichter Aischylos eine Anspielung auf das aus jenen Vorgängen hergeleitete Anrecht der Athener an das Sigeion†).

Ein Umstand ist bei der Besitzergreifung des troischen Landes durch die Aioler von besonderer Wichtigkeit: Die Aioler dehnten

---

*) Strab. p. 582. 599: *Λεσβίων ἐπιδικαζομένων σχεδόν τι τῆς συμπάσης Τρωάδος, ὧν δὴ καὶ κτίσματά εἰσιν αἱ πλεῖσται τῶν κατοικιῶν, αἱ μὲν συμμένουσαι καὶ νῦν, αἱ δ' ἠφανισμέναι.* — p. 600: *τὸ δὲ παλαιὸν ὑπὸ τοῖς Αἰολεῦσιν ἦν τὰ πλεῖστα* [so. *τῆς παραλίας*]. Scyl. peripl. 95. Herod. V 122. 26. 94. 1 149 ff. VII 42. — Köhler Att. Tributlisten S. 166.

**) So Bergk Griech. Literaturgesch. I S. 416 f. — Nach der bekannten Völcker-Rückert'schen Theorie, der auch E. Curtius Griech. Gesch. I S. 119 f. beistimmt, wäre dagegen die Sage vom troianischen Krieg erst damals entstanden, die homerische Dichtung nur ein „Spiegelbild der aeolischen Colonisation." Hiergegen hat bereits Welcker Ep. Cycl. II S. 21—51 eine Reihe treffender, zum Teil schwer widerlegbarer Bemerkungen gemacht (S. 42. 44. 46).

***) Herod. V 94: *ἐπολέμεον γὰρ ἔκ τε Ἀχιλλήϊου πόλιος ὁρμεόμενοι καὶ Σιγείου χρόνον ἐπὶ συχνὸν Μυτιληναῖοί τε καὶ Ἀθηναῖοι, οἱ μὲν ἀπαιτέοντες τὴν χώρην, Ἀθηναῖοι δὲ οὔτε συγγινωσκόμενοι, ἀποδεικνύντες τε λόγῳ οὐδὲν μᾶλλον Αἰολεῦσι μετεὸν τῆς Ἰλιάδος χώρης ἢ οὐ καὶ σφίσι καὶ τοῖσι ἄλλοισι, ὅσοι Ἑλλήνων συνεπρήξαντο Μενέλεῳ τὰς Ἑλένης ἁρπαγάς.* — Grote Gesch. Griech. übers. I S. 234.

†) S. unten S. 41.

die Grenzen der ehemaligen homerischen Troas ganz erheblich aus*) und legten **ganz willkürlich** beliebigen Oertlichkeiten (neugegründeten Städten, Bergen, Flüssen) homerische Namen bei.

Solche willkürliche Namengebung ist zu allen Zeiten mit der Colonisation fremder Länder verbunden gewesen. Man überblicke nur die verschiedenen Phasen der Aineiassage. Auch jetzt noch bietet Amerika Hunderte von Beispielen dafür, dass irgend eine Reminiscenz aus der Vergangenheit der Colonisten den Anlass zu Benennungen gab, die spätere Forscher leicht zu weitgehenden, irrigen Combinationen verleiten könnten. Bedenkt man noch, dass durch die von Strabon erwähnten nachtroianischen Völkerverschiebungen die ursprünglichen Ortsnamen bereits vielfach verwischt sein mussten, so kann das Verfahren der Aioler um so weniger auffallen. So gründeten sie beispielsweise die Stadt **D a r - d a n o s** dicht am Hellespont, während das homerische Dardania landeinwärts auf den Vorbergen des Ida gelegen hatte. Ihre Niederlassungen, wie auch die der Ionier und anderer Stämme, bewirkten, dass man später bei den Orten Gargara, Thebe, Chryse, Larissa, Zeleia, die sämmtlich mehr als einmal in jenen Gegenden vorhanden waren**), nicht sicher entscheiden konnte, welche unter ihnen als die „homerischen“ anzusehen seien. Auch die Namen Harpagia, Perkote, Parion, Astyra, Andeira, Assos kamen doppelt vor; ebenso ein Berg Tereie. Am Flusse Rhyndakos fand sich sogar noch eine Stadt „Ilion.“ Die Aioler waren es, die vermutlich zuerst dem über 5000′ hohen Kaz-dagh, der Lesbos gegenüber steil und imposant aus dem Meere emporsteigt, die Namen Ida und Gargaron gaben, während in der Sage von Troia, die bei Homer vorliegt, augenscheinlich die dem Hellespont benachbarten nördlicheren Höhenzüge diese Namen führten***). Die Aioler waren,

---

*) Strab. p. 582.

**) Vergl. Alt-Ilion S. 86.

***) Alt-Ilion S. 128 f. — Zur Lösung d. tr. Fr. S. 41 f. — Die **I s o - l i e r t h e i t d e s K a z - d a g h**, der, wie früher hervorgehoben wurde, hauptsächlich für die Landschaft am adramyttenischen Meere von besonderer Bedeutung ist, wird neuerdings deutlich vor Augen geführt durch die Kartenskizze zu **S c h l i e m a n n s** Reise in der Troas. Leipzig 1881. Die Höhenzüge nördlich vom Menderes erscheinen hier, wie auch auf anderen Karten, selbst auf denen des vorigen Jahrhunderts (d'Anville), nicht als die Ausläufer des Kaz-dagh, sondern eines näher nach dem Hellespont zu gelegenen Centralpunktes. Freilich ist dieser Centralpunkt, den man vielfach als homerischen Ida bezeichnet hat, bei Schliemann seltsamerweise ganz

wie es scheint, auch die Veranlassung, dass die spätere Forschung ausser dem Skamandros (Menderes) noch einen mit dem Simoeis verbundenen Xanthos - Skamandros vorfand.

Ganz besonders ist aber die von Strabon beklagte Verwirrung der troischen Topographie dadurch befördert worden, dass die Aioler den Namen Aisepos willkürlich einem Flusse beilegten, der schlechterdings nicht der homerische Aisepos gewesen sein kann *). Er liegt nämlich völlig ausserhalb der eigentlichen Troas. Sein unterer Lauf bildet die Grenze der Landschaft Aiolis, und in Folge der Vermengung beider Landschaften war, wie Strabon bemerkt, schon frühe eine grosse Unsicherheit unter den Geographen entstanden. Der gelehrte Demetrios hatte wohl alle diese Verhältnisse genügend aufgeklärt, aber da sein Werk verloren ist, sind wir lediglich auf die dürftigen Excerpte Strabons angewiesen, und dieser hat ihn leider vielfach falsch verstanden.

In engem Zusammenhang mit dem aiolischen Einfluss auf die örtlichen Verhältnisse der Troas stand aber der lydische. Aioler und Lyder gingen in der Besiedelung der Troas eine Zeit lang Hand in Hand ($\Lambda\nu\delta o\lambda$ $\varkappa\alpha\lambda$ $\mu\varepsilon\tau'$ $\dot\varepsilon\varkappa\varepsilon\dot\iota\nu\omega\nu$ $\Lambda\iota o\lambda\varepsilon\tilde\iota\varsigma$ $\varkappa\alpha\lambda$ $"I\omega\nu\varepsilon\varsigma$ Strab. p. 565). Gyges, der Gründer der Dynastie der Mermnaden, der um 715 v. Chr. zur Herrschaft gelangte, dehnte das lydische Reich bis zum Hellespont und zur Propontis aus, gründete mit Hilfe der Milesier die Stadt Abydos (deren Stelle mit der des homerischen Abydos schwerlich identisch war), gab dem Vorgebirg bei Dardanos den Namen Gygas und einem Orte am Flusse Rhyndakos zu Ehren seines Vaters den Namen Daskylion. Dies alles bezeugt die grosse Aufmerksamkeit, die Gyges jenen Küstenstrichen zuwandte, und den hohen Wert, den er auf ihren Besitz legte **). Auch Kroisos dehnte die inzwischen etwas geschwächte lydische Herrschaft wieder über die Aioler aus (Herod. I 6).

---

beseitigt; ja nicht einmal von dem Ulu-dagh, dessen Bedeutung für die Landschaft Prof. Virchow so schlagend nachgewiesen hat, ist auf der Schliemannschen „Karte der Troas" eine Andeutung gegeben.

*) S. oben S. 12 f. — Alt-Ilion S. 119. 138 f. 141 ff.

**) Die historische Thatsache, dass die Herrschaft der Lyder bis unmittelbar an den Hellespont ausgedehnt war, könnte wohl einen genügenden Anhaltspunkt zur Erklärung der auf Hissarlik gemachten Funde von „lydischem" Charakter liefern. Aber gerade hierbei macht sich der Mangel bestimmter Angaben über die horizontale Entfernung der einzelnen Fundstellen vom Rande des Hügels bemerkbar. Dass

Zu den aiolischen Gründungen an der Küste von Troas gehört aber auch **Neu-Ilion**. Nicht nur bei Herodotos, sondern auch bei Xenophon, Strabon, Pausanias sowie auf Inschriften

diese Funde eine nur 6 Fuss unter der Oberfläche gelegene, vorhistorische „lydische" Trümmerstätte voraussetzen, — dies anzunehmen verbieten, wie neuerdings Jebb hervorgehoben hat, schon die bekannten Schicksale des historischen Ilion. Nur auf eines sei hierbei kurz hingewiesen. Nach Schliemanns Angabe, Ilios S. 149, muss man annehmen, diese Masse „lydischer" Gefässe, die sich „in einer durchschnittlichen Tiefe von 6—7 Fuss unter der Oberfläche des Bodens und genau zwischen den Ruinen von Ilium novum und den Schuttmassen der letzten [5.] vorhistorischen Stadt" fanden, hätten sich gleichmässig in horizontaler Richtung durch den ganzen Hügel hindurch gefunden. Indessen heisst es S. 655: „Sie ist besonders zahlreich an den Abhängen des Hügels, und da aus Gründen, die ich schon oben anführte, die Schicht der griechischen Stadt an diesen Stellen in eine mehr als gewöhnliche Tiefe hinabreicht, so findet man sie dort sogar 10 und 20 Fuss unter der Oberfläche. Die gewöhnliche Tiefe aber beträgt durchschnittlich 6 Fuss; manchmal jedoch kommt sie in einer Tiefe von nur 3 oder 4 Fuss unter der Oberfläche vor." —

Für die Unbestimmtheit und Unzuverlässigkeit der Angaben über diese wichtigen Funde der 6. Stadt noch ein Beispiel! Von dem grossen Krug (πίθος) Nr. 1362 (S. 657) heisst es: „Tiefe 6 Fuss." Also: „6. lydische Stadt!" Nun ergibt sich aber aus S. 656, dass „die Mündung 6 Fuss unter der Oberfläche eingelagert" war. Nach der Abbildung S. 657 zu urteilen, muss der Pithos selber etwa 7—8 Fuss hoch gewesen sein (eine genaue Angabe hierüber bringt unser sorgsamer Berichterstatter nicht). Es musste also mindestens gesagt werden: „Tiefe etwa 15 Fuss". Und da bei der Bestimmung der Schichten auch ein paar Fuss für die Kellerfundamente hinzukommen, sind wir der Tiefe von 20 Fuss d. h. der 3. verbrannten Stadt schon ziemlich nahe. Nun fanden sich die riesigen Pithoi nach S. 317 wirklich in den Vorratskammern im Erdgeschoss der Häuser in den 4 vorgeschichtlichen Städten: in der 2. Stadt s. S. 316 f. (doch scheint das Bruchstück Nr. 156 in Folge der Planierungen aus einer oberen Schicht in die Tiefe von 42 Fuss geraten zu sein); in der 3. Stadt (S. 424 f.) fanden sie sich in grosser Zahl, 5—8 Fuss hoch, ja ihre Zahl soll sogar 600 übersteigen (S. 425). Nach S. 39 fanden sich unmittelbar unter dem Athenetempel [aus der Zeit des Sulla und Caesar] in einem Zimmer der 3. Stadt 9 solcher Krüge; Herr Schliemann hält daher das betreffende Gemach für das „Magazin eines Weinhändlers!" Wer sich diese zerstreuten Notizen zusammengesucht hat, wird nicht zweifeln, dass es sich in allen diesen Fällen um Krüge in den Vorratskammern der Tempelgebäude handelt, und dass zu ihnen auch der obenerwähnte angeblich „lydische Krug" gehört. In solcher Weise den mannigfachen Verschleierungen des Sachverhaltes nachspüren zu müssen, kann aber jedem an wahrheitsgetreue Fundberichte gewöhnten Forscher die Beschäftigung mit Schl. Ilios nur verleiden.

wird der aiolische Ursprung der Bewohner Ilions zweifellos bekundet *).

Die Zeit der Gründung ist ungewiss. Strabon (p. 601) sagt, unter der Herrschaft der **lydischen Könige** (gemeint sind offenbar die obenerwähnten Mermnaden 715—546 v. Chr.) sei der anfangs unbedeutende Ort nebst dem Heiligtum angelegt worden; schon vorher hätten die [lesbischen] Astypalaeer von dem ihnen angehörigen Rhoiteion aus den Ort Polion am Simoeis gegründet, ihn aber seiner ungeschützten Lage wegen nicht lange behaupten können **). Die gewöhnliche Annahme war bisher, dass die Gründung um 700 v. Chr. anzusetzen sei; andere verlegten sie, auf eine Stelle Strabons gestützt, unter die Regierung des Kroisos (560—546 v. Chr.). Beide Annahmen lassen sich vielleicht vereinigen, wenn man erwägt, dass die Spuren einer Verwüstung des Heiligtums in den untersten Schichten des Hügels von Hissarlik ihre Erklärung finden können in den Nachrichten von der Verwüstung der Nordküste Kleinasiens ***) durch die Kimmerier und Trerer im 7. Jahrh. Darnach würde unter Kroisos eine Neugründung des früher schon vorhandenen Heiligtums stattgefunden haben.

Ueber den Platz, auf dem das aiolische Ilion angelegt wurde, kann wohl kein Zweifel aufkommen; es ist der Hügel von Hissarlik, auf und neben welchem noch in später Zeit die Stadt sich ausdehnte.

---

*) Herod. V 122. Xen. hell. III 1, 16. Strab. p. 583. 599. 600. Pausan. I 35, 4. VIII 12, 9. V 8, 11. C. I. Gr. n. 1583.

**) Strab. p. 601: πρῶτοι μὲν οὖν Ἀστυπαλαιεῖς οἱ τὸ Ῥοίτειον κατασχόντες συνῴκισαν πρὸς τῷ Σιμόεντι Πόλιον, ὃ νῦν καλεῖται πόλισμα, οὐκ ἐν εὐερκεῖ τόπῳ, διὸ κατεσπάσθη ταχέως. ἐπὶ δὲ τῶν Λυδῶν ἡ νῦν ἐκτίσθη κατοικία καὶ τὸ ἱερόν. Diese Stelle, die unter Strabons historischen Notizen über Ilion steht, ist wohl entscheidend. Eine andere, mehr gelegentliche Angabe (in einem Excurs über das homerische Troia) p. 593 lautet: οὐ γὰρ ἔοικεν αὕτη εἶναι ἡ καθ᾽ Ὅμηρον. καὶ ἄλλοι δὲ ἱστοροῦσι πλείους μεταβεβληκέναι τόπους τὴν πόλιν, ὕστατα δὴ ἐνταῦθα συμμεῖναι κατὰ χρησμὸν μάλιστα. Statt χρησμόν hat Kramer allerdings aus besseren Handschriften die Lesart Κροῖσον aufgenommen, wodurch die Gründung in sehr späte Zeit herabgedrückt wird. Von allem anderen abgesehen wäre diese Auffassung nicht wohl vereinbar mit der Nachricht des Polybios (XII 5, 7) von dem hohen Alter der lokrischen Opfersendung, die freilich nach Strabon p. 601 erst zur Zeit der Perserherrschaft begonnen haben soll.

***) Strab. p. 149: — — — τὴν τῶν Κιμμερίων ἔφοδον γενέσθαι τὴν μέχρι τῆς Αἰολίδος καὶ τῆς Ἰωνίας. Vgl. p. 61. 494. 552. 573. 586. 627. 647.

Dass aber diese Oertlichkeit auch mit der Baustelle des homerischen Troia identisch sei, dafür lässt sich in den Nachrichten über die Gründung durchaus kein Anhaltspunkt finden. Troia war vollständig vom Erdboden vertilgt und nach dem bereits gekennzeichneten Verfahren der Aioler wäre von vornherein unwahrscheinlich, dass sie etwa planmässig und mit besonderer Sorgfalt die alte Baustelle aufgesucht hätten. Nun berichtet aber auch Strabon*) ausdrücklich, dass man die alte Baustelle gemieden habe und zwar aus religiöser Scheu vor einem Platze, über den nicht nur der siegreiche Agamemnon nach altem Herkommen eine feierliche Verwünschung ausgesprochen, damit Niemand je wage, die Stadt wiederaufzubauen, sondern über dem auch ganz sichtbarlich ein schweres Verhängnis gewaltet hatte. Mit letzterem Umstand hängt vielleicht die obenerwähnte Nachricht zusammen, dass schon Dardanos durch Götterspruch vor dem „Hügel der Ate“ gewarnt worden sei. Der Hinweis auf den Fluch des Agamemnon ist ganz im Einklang mit den sonstigen Voraussetzungen der aiolischen Gründungssage, und die religiösen Bedenken der Colonisten sind um so wahrscheinlicher, da es sich in erster Linie um eine Tempelgründung handelte. Der Untergang Ilions war das Werk der erzürnten Götter gewesen; ausser Poseidon und Here hatte der Sage nach gerade Athene an der Zerstörung einen hervorragenden Anteil gehabt. Auch ihr Tempel war freilich in Flammen aufgegangen, aber, was die Hauptsache schien, das Bild der Göttin, das uralte, vom Himmel gefallene Palladion, wär angeblich gerettet worden. Schon der epische Dichter Arktinos von Milet (Mitte des 8. Jahrh.) berichtete, es sei in einem Abgrunde verborgen gewesen zur Zeit der Belagerung der Stadt, während ein unechtes, das im Tempel der Athene aufgestellt gewesen, von Diomedes geraubt worden sei**). Hieran anknüpfend behauptete die römische Legende, Aineias habe das

---

*) Strab. p. 601: εἰκάζουσι δὲ τοὺς ὕστερον ἀνακτίσαι διανοουμένους οἰωνίσασθαι τὸν τόπον ἐκεῖνον, εἴτε διὰ τὰς συμφορὰς εἴτε καὶ καταρασαμένου τοῦ Ἀγαμέμνονος κατὰ παλαιὸν ἔθος, — — —. ἐκείνου μὲν οὖν ἀποστῆναι τοῦ χωρίου, ἕτερον δὲ τειχίσαι.

**) Dionys. I 68. 69. — Die verschiedenen Sagen über das Palladium bei Schwegler I 332 ff. Heyne Exc. IX ad Virg. Aen. II. Schon im Athenetempel in Troia sollen verschiedene Pallasbilder gewesen sein. Conon. 34: τὸ διοπετὲς Ἀθηνᾶς Παλλάδιον πολλῶν ὄντων τὸ σμικρότατον. — Hertzberg de diis Rom. patriis p. 90 sq.

echte mit nach Italien gebracht. Andrerseits aber scheint später in Aeolien die Legende aufgetaucht zu sein, das echte Palladion sei aus seinem Versteck wieder hervorgezogen. Ihm galt es nun fern von der fluchbeladenen Stätte ein neues Haus zu gründen.

Ohne Zweifel ging die Anregung zu der Neu-Gründung des Athenetempels von irgend einem angesehenen Heiligtum, von einer Orakelstätte aus, vielleicht von Delphi selber; doch sind für diese Annahme nur unsichere Anhaltspunkte vorhanden. Abgesehen von dem Einfluss, den Delphi überhaupt auf die hellenische Colonisation von Klein-Asien ausübte, und abgesehen von den nahen Beziehungen, in denen die Mermnaden, insbesondere schon König Gyges, zu dem delphischen Heiligtum standen, kommt hier in Betracht jene Verfügung des Orakels, wonach die Lokrer bereits im 7. Jahrhundert, also bald nach der Gründung Ilions, jährlich zwei Jungfrauen als Sühnopfer nach dem Athenetempel senden mussten.

Wer immer aber auch die Veranlassung zu der Gründung gegeben haben mag, so viel steht fest: man wählte als Baustelle den Hügel von Hissarlik. Die Ergebnisse der neueren dortigen Ausgrabungen legen die Annahme nahe, dass bereits in früher Zeit das Heiligtum irgend einer vorderasiatischen Gottheit daselbst gestanden und eine einmalige oder auch mehrmalige Zerstörung erfahren hatte. Dass diese Gottheit die phrygische „Ate“ gewesen, die bei der Neugründung des Tempels von den hellenischen Priestern mit ihrer Athene identificiert und nunmehr als Athene Ilias verehrt worden sei, ist von Neueren vermuthet, aber durchaus nicht zweifellos nachgewiesen worden *). Ueberhaupt ist die genaue Prüfung der in den unteren Schichten gemachten Funde von Seiten der Archaeologen abzuwarten, bevor irgend eine über die historischen Angaben hinausgreifende Ansicht über die Bedeutung des Ortes ausgesprochen werden kann. Die aiolische Niederlassung, die sich an dieses Heiligtum anlehnte, erhielt den Namen Ilion. Das beweist nun aber nicht das geringste für die Identität des Ortes mit dem homerischen Troia. Wenn man, um von der positiven Angabe Strabons ganz abzusehen, bedenkt, wie rücksichtslos die Aioler sonst bei solchen Namengebungen **) verfuhren, so nötigt, wie bereits oben betont wurde, nichts zu der Voraussetzung, dass sie

---

*) O. Keller Die Entdeckung Ilions zu Hissarlik. Freiburg 1875. S. 21 f.

**) Stephan. Byz.: Ἴλιον πόλις Τρῳάδος ἀπὸ Ἴλου — — —. δευτέρα ἐν τῇ Προποντίδι παρὰ Ῥυνδάκῳ ποταμῷ.

in diesem Falle besonders gewissenhaft zu Werke gegangen wären und sich etwa zuvor genau über die wirkliche Lage des alten Ilion orientiert hätten. Aehnlich wie bei der Gründung von Dardanos dürfte es auch hier für die Aioler genügt haben, dass man wusste, dass ehedem Troia in dieser Gegend gestanden hatte. In erster Linie entscheidend für die Wahl des Ortes war jedenfalls die günstige Lage desselben *). Aus dem Namen aber erwuchsen naturgemäss nach und nach die Ansprüche der Colonisten an das glorreiche Vermächtnis desselben. So ging es ja auch bei Dardanos, dessen Bewohner sich auf den Namen ihrer Stadt offenbar viel zu gute thaten und in einer späteren, wissenschaftlich erleuchteten Zeit von den Römern Auszeichnungen lediglich dieses Namens wegen erhielten **).

Das neue Ilion war, wie ausdrücklich berichtet wird ***), lange Zeit nur ein grosses Dorf. Auch das Heiligtum der Athene Ilias war anfangs von geringem Umfang.

Verächtlich schien es, arm und klein,
Doch ein Mirakel schloss es ein.

Seine Bedeutung beruhte hauptsächlich auf dem Pallasbilde, von dem die Priester behaupteten, es sei das ächte troianische Palladion. Obwol später mehrere andere Orte denselben Anspruch erhoben und obwol in unmittelbarer Nähe Ilions, in Sigeion, Skepsis und Kebrene ebenfalls Athenetempel existierten, fand jene Legende von dem ächten Pallasbild der Ilienser doch zu allen Zeiten Glauben. Ja, das Heiligtum dehnte seine Machtsphäre sehr bald bis in das Mutterland aus. Welche einzelnen Umstände demselben dabei von besonderem Nutzen waren, ist nicht mehr festzustellen. Eine gewisse Begünstigung von Seiten Delphis ist auch hier wohl vorauszusetzen.

---

*) Auch aus diesem Umstand lässt sich kein Argument für die Ansprüche der Ilienser herleiten. Andre Zeiten, andre Ansichten und Bedürfnisse. Wenn in historischer Zeit den seefahrenden Aiolern der Hügel Hissarlik mit seinem Ausblick auf den Hellespont für eine Anlage geeignet schien, so schliesst das nicht aus, dass man so viele Jahrhunderte früher, im Heroenzeitalter, die geschütztere Lage in einem Seitenthal (beim Dorfe der Ilier) vorziehen konnte.

**) Liv. XXXVIII 39: [a. Chr. 188] et Iliensibus Rhoeteum et Gergithum addiderunt, non tam ob recentia ulla merita, quam originum memoria; eadem et Dardanum liberandi causa fuit.

***) Strab. p. 593: τὴν δὲ τῶν Ἰλιέων πόλιν τῶν νῦν τέως μὲν κώμην εἶναί φασι τὸ ἱερὸν ἔχουσαν τῆς Ἀθηνᾶς μικρὸν καὶ εὐτελές.

Auf einen mächtigen Rückhalt, der den Athenepriestern zu Statten kam, weist die Nachricht hin, dass sie von den Nachbarorten, darunter Sigeion und Rhoiteion, einen Teil ihres Gebietes als ehemaliges Eigentum des alten Troia in Anspruch nahmen *). Daraus erklärt es sich auch wohl, dass die aiolischen Athenepriester von Ilion sehr bald in bewussten Gegensatz zu dem wichtigen Nachbarort Sigeion traten, der nach längeren Kämpfen (um Ol. 42 und 55) zwischen den Lesbiern und Athenern **) in dem Besitz der Athener blieb. Sigeion hatte übrigens gleichfalls ein angesehenes Atheneheiligtum aufzuweisen. Als Alkaios, der gefeierte Dichter aus Mitylene, in einem jener Kämpfe seinen Schild verlor, hängten die Athener das wertvolle Beutestück in dem Tempel zu Sigeion auf***).

Dass in den Kämpfen um das Sigeion die Lesbier und die Athener sich auf ihre durch Agamemnons Sieg erworbenen Rechte an das Troerland beriefen, und dass letztere den Lesbiern vorhielten, wie überhaupt alle Hellenen, deren Vorfahren an dem Zuge gegen Troia teilgenommen hätten, das gleiche Anrecht an jene Gegenden besässen, ist bereits früher angedeutet worden †).

Von demselben Standpunkt aus beurteilte sogar noch Aischylos die Sache, als er (im J. 458 v. Chr.) in den Eumeniden (V. 397 ff.) der Göttin Athene die Worte in den Mund legte:

Fernher vernahm ich eines Hilferufes Laut
Am Strom Skamandros, wo das Land ich mir besah,
Das der Achaier Fürsten und Heerführer einst,
Von speererrungnen Schätzen einen reichen Teil,
Mit Baum und Grashalm mir geweiht auf immerdar,
Dem Stamm des Theseus ein erlesnes Eigentum.

Nicht aus dem Athenetempel von Ilion, sondern aus dem sigeischen Heiligtum lässt hier Aischylos die Göttin herbeieilen. Ueber den nächsten Anlass zu dieser politischen Anspielung ist nichts bekannt; doch hängt sie ohne Zweifel damit zusammen,

---

*) Strab. p. 602: τὴν δὲ χώραν ἀφανισθείσης τῆς πόλεως οἱ τὸ Σίγειον καὶ τὸ Ῥοίτειον ἔχοντες διενείμαντο καὶ τῶν ἄλλων ὡς ἕκαστοι τῶν πλησιοχώρων, ἀπέδοσαν δ᾽ ἀνοικισθείσης. Die Glaubwürdigkeit dieser Angabe ist indess zweifelhaft, da sie dem Anschein nach von Hellanikos herrührt.

**) S c h o e n e in den Symb. phil. Bonn. II p. 750.

***) Herod. V 95: αὐτὸς μὲν φεύγων ἐκφεύγει, τὰ δέ οἱ ὅπλα ἴσχουσι Ἀθηναῖοι, καί σφεα ἀνεκρέμασαν πρὸς τὸ Ἀθήναιον τὸ ἐν Σιγείῳ.

†) S. oben S. 33. — Edinburgh Rev. 1881 nr. 314. p. 519.

dass die Ausbreitung der athenischen Machtstellung am Hellespont, eine Folge der letzten Siege über die Perser, auf erheblichen Widerspruch seitens der Lesbier und der aiolischen Küstenbewohner stiess. Ilion mit seiner troianischen Legende und seinen Ansprüchen auf das alte Stadtgebiet von Troia dürfte dabei den Athenern ziemlich unbequem gewesen sein.

Ob aus dem Gesichtspunkt dieser Rivalität auch das obenerwähnte Eintreten des lesbischen Geschichtschreibers Hellanikos († 410 v. Chr.) für die Ansprüche der aiolischen Ilienser zu erklären ist, mag dahingestellt bleiben. Jedenfalls wäre unter diesen Umständen weit eher ein begründeter Anlass vorhanden, bei dem einzigen Anwalt der Ilienser auf tendenziöses Verhalten zu schliessen, als bei Demetrios und Hestiaia *).

Eifersüchtige Rivalität scheint auch in der Folgezeit zwischen Sigeion und Ilion geherrscht zu haben, bis zuletzt die Ilienser, durch den mächtigen Arm der Römer geschützt, die verhasste Nebenbuhlerin beseitigten und sich des Gebietes der zerstörten Stadt bemächtigten **).

Ein hervorragendes Zeugnis für die einflussreiche Stellung des Athenetempels in Neu-Ilion im 6. und 7. Jahrh. v. Chr. bildet aber die bereits erwähnte Nachricht, dass die Lokrer jährlich zwei vornehme Jungfrauen, die aus den sogenannten „hundert Häusern“ ausgewählt wurden, in jenen Tempel entsenden mussten und zwar als Sühne für den von Aias an Kassandra verübten Frevel. Veranlassung zu dieser Sendung war eine schwere Heimsuchung des lokrischen Landes durch Hungersnot ***). Die Verpflichtung war vom delphischen Orakel auferlegt worden und sollte tausend Jahre dauern.

---

*) Vergl. Jebb Homeric and Hellenic Ilium p. 41: At the time when Hellanicus wrote, then, the Aeolic Greeks of Ilium and the Troad were still, as they had been from the first, in the closest relation with Mitylene. The Mitylenean Hellanicus had more, therefore, than the common motive of a logographer for adopting those local legends which were flattering to the Ilians.

**) Strab. p. 600: κατέσκαπται δὲ καὶ τὸ Σίγειον ὑπὸ τῶν Ἰλιέων ἀπειϑοῦν.

***) Polyb. XII 5, 7: εὐγενεῖς παρά σφισι νομίζεσϑαι τοὺς ἀπὸ τῶν ἑκατὸν οἰκιῶν λεγομένους· ταύτας δ' εἶναι τὰς ἑκατὸν οἰκίας τὰς προκριϑείσας ὑπὸ τῶν Λοκρῶν πρὶν ἢ τὴν ἀποικίαν ἐξελϑεῖν ἐξ ὧν ἔμελλον οἱ Λοκροὶ κατὰ τὸν χρησμὸν κληροῦν τὰς ἀποσταλησομένας παρϑένους εἰς Ἴλιον. —

Die Späteren *) wissen, wohl auf Grund der alten Tempellegende, mancherlei Sonderbares über diese Opfersendung zu berichten. Die Ilienser hätten diese Jungfrauen, sobald sie gelandet waren, mit Steinwürfen oder mit den Waffen in der Hand verfolgt, um sie zu töten, die Getöteten verbrannt und ihre Asche ins Meer gestreut, worauf die Lokrer wieder andere nachgesendet hätten. Diejenigen Jungfrauen, denen es gelungen, lebend den Tempel zu erreichen, wären zu den niedrigsten Diensten gezwungen worden und barfuss, mit geschorenem Haupte und in dürftiger Kleidung einhergegangen. Sie durften auch nicht der Göttin nahen und den Tempel bei Tage nicht verlassen. Wenn es einem Ilienser gelang, eine von den Jungfrauen zu töten, lud er dadurch keinerlei Schuld auf sich; ja er wurde vom Volke gepriesen und seine That galt als verdienstliches Werk. Als einst eine der Jungfrauen auf dem troischen Berg Traron getötet worden war, beklagten sich die Lokrenser zwar nicht darüber, stellten aber nunmehr die Opfersendung ein, indem sie vorschützten, dass die Zeit der Verpflichtung abgelaufen sei. Als darnach ihr Land wiederum von einer Dürre heimgesucht wurde, nahmen sie die Sendung wieder auf, jedoch nur mit einer Jungfrau, und als ihnen dies endlich doch zu lästig wurde, schickten sie statt der Jungfrauen neugeborene Kinder mit ihren Ammen. Nach dem phokischen Kriege aber benutzten sie den günstigen Moment, um die drückende Verpflichtung gänzlich abzuschütteln.

Wann diese Opfersendung, die nach Einigen auf 1000 Jahre, nach Andern auf unbestimmte Zeit vom Orakel angeordnet war, ihren Anfang genommen hatte, ist unsicher. Doch scheint der Zeitpunkt dem der Gründung der Stadt sehr nahe gelegen zu haben. Die Ilienser behaupteten später zwar, sie habe unmittelbar nach der Eroberung Troias begonnen, und sahen in ihr einen hauptsächlichen Beweis für ihre Meinung, dass Agamemnon die alte Stadt nicht vollständig zerstört habe. Allein schon Demetrios und Strabon **) widersprachen dem ganz entschieden und wiesen

*) Plut. de sera num. vind. c. 12. — Tzetz. ad Lycophr. Al. 1141 bis 73. — Schol. Hom. Il. XIII 66: Ἀθηνᾶ δὲ οὐδ᾽ οὕτως τῆς ὀργῆς ἐπαύσατο, ἀλλὰ καὶ τοὺς Λοκροὺς ἠνάγκασεν ἐπὶ χίλια ἔτη εἰς Ἴλιον ἐκ κλήρου παρθένους πέμπειν. ἡ ἱστορία παρὰ Καλλιμάχῳ ἐν Αἰτίων κτλ.

**) Strab. p. 600. 601: αἱ γοῦν Λοκρίδες παρθένοι μικρὸν ὕστερον ἀρξάμεναι ἐπέμποντο κατ᾽ ἔτος· καὶ ταῦτα οὐχ Ὁμηρικά. οὐδὲ γὰρ τῆς Κασάνδρας φθορὰν οἶδεν Ὅμηρος — — — τὰς δὲ Λοκρίδας πεμφθῆναι Περσῶν ἤδη κρατούντων συνέβη.

darauf hin, dass jener Frevel des Aias überhaupt ein nach-
homerischer Mythos sei*); bei Homer habe der Zorn der
Athene einen andern Grund. Die Opfersendung habe erst zu der
Zeit begonnen, als die persischen Könige über Troas herrschten
(also nach 560 v. Chr.). Nach der von Polybios erwähnten Tradition der Lokrer waren dagegen die hundert Häuser, die das
jährliche Opfer absenden mussten, bereits vor der Absendung der
Colonie nach Unteritalien (Ol. 24 = 680 v. Chr.) ausgewählt
worden.

Es ist klar, dass das Opfer der lokrischen Jungfrauen ursprünglich nur einen Tribut an das ehrwürdige Palladion
bedeutete; für die später behauptete Identität von Troia und Neu-
Ilion ist es durchaus nicht beweiskräftig. Dieser Tribut würde
ohne Zweifel auch dann entrichtet worden sein, wenn das Palladion in Dardanos oder in-Sigeion aufbewahrt worden wäre. Es
kann lediglich als ein Zeugnis für das Ansehen des Atheneheilig-
tums und für die Beziehungen zwischen diesem und dem allge-
waltigen Orakel von Delphi gelten. Welchen Einfluss aber Delphi
bei der Colonisation Kleinasiens ausübte, ist bekannt. Die lydischen Könige, unter ihnen in erster Linie Gyges, wussten recht
gut, weshalb sie sich um die Gunst des Orakels bewarben. Und
dass dasselbe auch sonst Beziehungen zwischen der aiolischen
Troas und dem hellenischen Mutterland geknüpft hat, lehrt ein
andres Beispiel.

Durch einen delphischen Orakelspruch waren die Thebaner,
um eine schwere Pest abzuwenden, veranlasst worden, die Gebeine
des Hektor von der bei Ophrynion in der Nähe Ilions gelegenen
Grabstätte des Helden nach Theben zu schaffen. Diese Trans-
lation fällt wahrscheinlich „in die Zeit eifriger Reliquienverehrung
und gesteigerter Frömmigkeit kurz vor den Perserkriegen"**).
Die Boeotier gehören aber zum Stamm der Aioler.

Auch fand schon in alten Zeiten eine andere jährliche Opfersendung nach der troischen Küste, über die Philostratos ausführlich berichtet (Heroic. p. 208), von Seiten der aiolischen Thessalier
statt. Diesen hatte das Orakel von Dodona befohlen, jährlich

---

*) Auch Philostrat. heroic. p. 175 erklärt, wie schon oben erwähnt,
den Mythos von dem Frevel des Aias für erlogen.

**) Stark in der Jen. Litteraturzeit. 1877. S. 670. Paus. IX 18, 5.
Schol. Il. XIII init. Lykophr. Alex. 1205 u. Schol. — Arist. Pepl. —
Anthol. Pol. IX App.

ein Schiff abzusenden, um dem Achilleus an seiner Grabstätte
[bei dem Orte Achilleion nahe bei Sigeion] ein Totenopfer darzu-
bringen. Dies Opfer fand des Nachts statt, und die Opfernden
verliessen vor Tagesanbruch die Küste, die ihnen als Feindesland
galt. Als Xerxes nach Hellas kam, wurde das Opfer eingestellt,
später aber, zur Zeit Alexanders des Grossen, wieder aufgenommen.

Aus dem bisher Angeführten erhellt bereits die wahre und
ursprüngliche Bedeutung Neu-Ilions. Es war in erster Linie
eine angesehene aiolische Cultstätte*), in gewissem Sinne
vergleichbar dem ionischen Artemistempel in Ephesos. Wie hier
das aus dem Holz des Weinstocks gefertigte „uralte Gnadenbild“
der Kybele-Artemis den Mittelpunkt eines weit ausgedehnten
hierarchischen Machtbereiches bildete, so ähnlich in dem Athenetempel in Ilion das vom Himmel gefallene Palladion. Verstärkt
wurde der Einfluss desselben durch die schon frühe an den Namen
der Niederlassung geknüpfte Tempellegende von der Identität der
aiolischen Colonie Ilion mit dem homerischen Troia. In Wirklichkeit ist diese Identität durch keine zuverlässige Nachricht
irgend eines alten Autors verbürgt. Auch hatten die Ilienser nicht

*) Darauf weisen — abgesehen von vielen anderen Umständen —
unter den gemachten Funden auch die kleinen formlosen Idole aus Marmor,
Elfenbein oder Terracotta mit dem Eulentypus hin. Sie wurden bereits in
der untersten Schicht, besonders zahlreich aber von der Brandschichte an
aufwärts gefunden, und sind ohne Zweifel rohe Nachbildungen eines uralten
Götterbildes. Ueber die geringe Formvollendung auch der in den oberen
Schichten gefundenen Stücke darf man sich nicht wundern, wenn man bedenkt, dass gerade in diesem hieratischen Beiwerk die uralte Tradition
stets mit grosser Zähigkeit festgehalten wird, wie man noch heutzutage bei
den an Wallfahrtsorten ausgebotenen Figuren, Wachsamuletten u. s. w. beobachten kann. Auch die zahllosen Wirtel, die in allen Schichten von
Hissarlik vorkommen, und die man entweder für Spinnwirtel oder für
Netzgewichte erklärt hat, tragen wohl einen hieratischen Charakter. Sie
dürften aber nicht sowohl, wie Schliemann (Ilios S. 470) vermutet, als
„Weihgeschenke für die Schutzgottheit der Stadt“ anzusehen sein, sondern
vielmehr als Erinnerungsstücke, die dem frommen Besucher des Tempels
als Geschenk verabreicht oder auch verkauft wurden, ähnlich den Amu-
letten zu Ephesos und anderwärts, und die wohl in dem Tempelbezirk
fabrikmässig in verschiedenen Sorten und in grossen Quantitäten, ebenfalls
mit Beibehaltung der altertümlichen Form und Schrift, angefertigt wurden.
Bei den frühesten Versuchen, die Schrift zu deuten (Haug u. Gom-
perz), war es „verblüffend, auf Gegenständen von trojanischer Arbeit gutes
Griechisch zu finden“ (Ilios S. 767). Später stockten diese Versuche. Nach
prof. Sayce ward in Lydien und Troas dasselbe Schriftsystem gebraucht.

das geringste Recht, sich die Nachkommen der alten Troianer zu nennen. Diese letzteren waren vielmehr in das gebirgige Innere des Landes (Gergis, Skepsis und Arisbe) zurückgedrängt, und die aiolischen Ansiedler waren, als sie den Küstensaum besiedelten, ohne Zweifel als Feinde derselben aufgetreten. Ja, es wird geradezu berichtet, dass von den Eindringlingen die Nachkommen des Aineias aus ihren Wohnsitzen gewaltsam vertrieben wurden *). Trotzdem durften die Ilienser ungescheut ihre Rolle als Neu-Troianer Jahrhunderte lang spielen. So gross war die Macht religiöser Vorstellungen und Ueberlieferungen **).

Hält man aber diesen religiösen Gesichtspunkt fest, so erklärt sich auf die einfachste Weise, wie der Tempel der Athene Ilias mit seinem angesehenen Palladion von der Gründung der Stadt bis tief in die Zeit der römischen Kaiser stets im Vordergrund der den Iliensern gewidmeten Aufmerksamkeit steht. Die Priesterschaft verstand sich, gleich der ephesischen, vortrefflich darauf, in guten und schlimmen Zeiten die troianische Sage im Interesse ihres Tempels zu verwerten †). Das religiöse Moment war ohne Frage der wichtigste Factor in dem künstlichen Gewebe dieser Legende.

Ein weiteres Zeugnis für das Ansehen des Heiligtums ist das feierliche Opfer, das Xerxes der Athene Ilias darbrachte. Herodot ***) berichtet sehr kurz über dasselbe: „Als Xerxes an den Skamandros gekommen war, stieg er auf die Pergamos des Priamos hinauf, denn er fühlte das Verlangen sie zu schauen, und nachdem er sie geschaut und alle Einzelheiten jener Vorgänge erfragt hatte, opferte er der Athene Ilias tausend Rinder, die Magier aber brachten den Heroen Trankopfer dar. Als dies geschehen war, brach nächtlicherweile in seinem Heere eine Panik aus. Mit Tagesanbruch marschierte er weiter.“

---

*) Schol. Il. XX 307: *οἱ δέ φασιν, ὅτι Αἰολεῖς ἐξέβαλον τοὺς ἀπογόνους Αἰνείου.*

**) Schüchterner Versuch einer Kritik in dem Hinweis auf die Inconsequenz der Ilienser, die nicht nur dem Achilleus, Patroklos und Antilochos, sondern sogar dem Frevler Aias Opfer darbrachten, bei Strab. p. 596.

†) E. Curtius Ephesos. Berlin 1874. S. 6 f.

***) Herod. VII 43: *ἐπὶ τοῦτον δὴ τὸν ποταμόν [sc. Σκάμανδρον] ὡς ἀπίκετο Ξέρξης, ἐς τὸ Πριάμου Πέργαμον ἀνέβη ἵμερον ἔχων θηήσασθαι. θηησάμενος δὲ καὶ πυθόμενος ἐκείνων ἕκαστα τῇ Ἀθηναίῃ τῇ Ἰλιάδι ἔθυσε βοῦς χιλίας, χοὰς δὲ οἱ μάγοι τοῖσι ἥρωσι ἐχέαντο.*

In diesem Bericht ist die Stadt Ilion gar nicht erwähnt. Dennoch ist er ein wichtiges Zeugnis für das frühe Vorhandensein der lokalen Legende.

Dass die Priester des hellenischen Athenetempels in einer aiolischen Stadt ihrem damaligen Gebieter *), dem Erzfeind der Hellenen, der kurz zuvor das berühmte Branchidenheiligtum bei Milet zerstört hatte und der auch späterhin mit den Tempeln in Hellas nicht sehr glimpflich verfuhr, solchen Respect einzuflössen wussten, bekundet ihre Gewandtheit; auf welche Weise sie es fertig brachten, ist aus Herodot, obwohl er seine Angaben (besonders das $\tau\grave{o}$ $\Pi\varrho\iota\acute{a}\mu ov$ $\Pi\acute{e}\varrho\gamma a\mu ov$ $\vartheta\eta\acute{\sigma}a\sigma\vartheta a\iota$ $\acute{\iota}\mu\varepsilon\varrho ov$ $\acute{\varepsilon}\chi\omega\nu$) wahrscheinlich aus dem Munde der Priester selber hatte, nicht zu ersehen. Es geschah indessen wohl hauptsächlich durch den Hinweis auf das uralte Nationalheiligtum, das Palladion der alten Troerkönige **).

Uebrigens ergibt sich aus seinem Bericht durchaus nicht, dass damals die Stätte des Athenetempels geradezu als homerische Pergamos galt ***); diese konnte dem Xerxes auch in der Nachbarschaft, bei dem Dorfe der Ilier, gezeigt worden sein, in dessen Nähe ja auch das Hektorgrab und andre denkwürdige Landmarken der alten Stadt lagen.

Die nächsten Zeugnisse für die Bedeutung Ilions sind sehr dürftig.

Gelegentlich der Kämpfe der Athener gegen Mitylene und die lesbischen Flüchtlinge (im J. 427—424) berichtet Thukydides†) zwar von einer Besetzung Rhoiteions, Ilion aber wird von ihm in diesem Zusammenhang nicht erwähnt.

Im Jahre 411 v. Chr. brachte der spartanische Feldherr Mindaros, wie Xenophon erzählt, der Athene in Ilion (also in dem Tempel auf Hissarlik) ein feierliches Opfer dar, und

---

*) Die Städte der Troas hatten übrigens auch Schiffe für die Perserflotte geliefert, vgl. Diod. XI 2, 1.

**) Vergl. Herod. I 5: $O\mathring{v}\tau\omega$ $\mu\grave{e}\nu$ $o\acute{\iota}$ $\Pi\acute{e}\varrho\sigma a\iota$ $\lambda\acute{e}\gamma ov\sigma\iota$ $\gamma\varepsilon\nu\acute{e}\sigma\vartheta a\iota$ $\varkappa a\grave{\iota}$ $\delta\iota\grave{a}$ $\tau\grave{\eta}\nu$ $\,{}^{\prime}I\lambda\acute{\iota}ov$ $\mathring{a}\lambda\omega\sigma\iota\nu$ $\varepsilon\mathring{v}\varrho\acute{\iota}\sigma\varkappa ov\sigma\iota$ $\sigma\varphi\acute{\iota}\sigma\iota$ $\acute{e}o\tilde{v}\sigma a\nu$ $\tau\grave{\eta}\nu$ $\mathring{a}\varrho\chi\grave{\eta}\nu$ $\tau\tilde{\eta}\varsigma$ $\mathring{e}\chi\vartheta\varrho a\varsigma$ $\tau\tilde{\eta}\varsigma$ $\mathring{e}\varsigma$ $\tau o\grave{v}\varsigma$ $\,{}^{\prime\prime}E\lambda\lambda\eta\nu a\varsigma$.

***) So schon Boeckh C. I. Gr. II 3595. Stark Jen. Litteraturzeit. 1877. S. 668. Auch Bröndsted Reise i Gräkenland II S. 321 meint, Xerxes habe die Stätte Troias bei dem Dorfe der Ilier, nahe bei Kallikolone, besucht, vgl. Welcker Ep. Cycl. II S. 25.

†) Thuc. III 50. IV 52.

während er damit beschäftigt war, bemerkte er, dass seine Flotte (bei Rhoiteion) in ein Gefecht verwickelt wurde, worauf er sogleich ans Meer hinabeilte und sich in seine Schiffe warf*).

Man hat auch in dem Opfer des Mindaros verkehrterweise ein wichtiges Zeugnis für die Identität des alten und des neuen Ilion finden wollen. Eine weitere Stelle Xenophons**), die von der Eroberung der aiolischen Binnenstädte der Troas durch D e r - k y l l i d a s (im J. 399 v. Chr.) berichtet, zeigt sogleich die Nichtigkeit solcher Beweisführung. Derkyllidas bringt nämlich, während er in einem kurzen Feldzug von neun Tagen die troische Landschaft von der Phrygischen Satrapie des Pharnabazos losreisst, der Athene nicht bloss in der Stadt Skepsis ein feierliches Opfer dar, sondern bald darauf auch ein solches in Gergis. Daraus ergibt sich, dass auch in diesen Orten ansehnliche und ohne Zweifel alte Athenetempel vorhanden waren. Es ergibt sich aber auch, dass es sich in allen diesen Fällen, wie bei den noch zu erwähnenden Opfern Späterer, z. B. Alexanders des Grossen, zunächst bloss um die Erfüllung religiöser Pflichten handelte, die kein Feldherr versäumen durfte, wenn er sich nicht der Gefahr aussetzen wollte, bei etwaigen Misserfolgen wegen Impietät zur Verantwortung gezogen zu werden.

Die Orte Skepsis, Gergis und Kebren werden in dieser Erzählung Xenophons als befestigte Städte erwähnt. Von Ilion, das sich auf die erste Aufforderung hin dem Spartaner ergab, wird dasselbe zwar nicht ausdrücklich berichtet, doch darf man es immerhin voraussetzen, da von der Besatzung der Stadt die Rede ist. So ausführlich aber die Schilderung Xenophons hier auch ist, die „ruhmreiche Vergangenheit" Ilions wird mit keinem Worte erwähnt; merkwürdigerweise ist auch nicht von einem Opfer des Derkyllidas in Ilion die Rede.

Wann diese Städte wieder unter die persische Herrschaft kamen, lässt sich nicht sicher ermitteln. Weiterhin erfahren wir aus der ersten Hälfte des 4. Jahrhunderts nur noch das eine, dass der athenische Söldnerführer C h a r i d e m o s im Dienste des aufständigen Satrapen Artabazos ausser Skepsis und Kebren auch die Stadt Ilion belagerte und durch eine Täuschung der Thorwächter einnahm. Hierbei spielte auch ein Pferd eine seltsame

---

*) Xen. Hellen. I 1, 4.
**) Hellen. III 1, 10 ff., vgl. Diodor. XIV 38, 3.

Rolle, indem er die rechtzeitige Schliessung des Thores verhinderte und das Eindringen der Belagerer ermöglichte*). Ob diese Einnahme mit wesentlichen Zerstörungen an Mauern und Wohnstätten verbunden war, darüber wird nichts berichtet.

Ein Ereignis von ausserordentlicher Bedeutung für Neu-Ilion war die Ankunft Alexanders des Grossen an der kleinasiatischen Küste. In ihm fand die priesterliche Ortslegende einen Anhänger, bei dem der Enthusiasmus alle kritischen Bedenken weit zurücktreten liess und dessen gewaltige Machtmittel der Sache eine ungeahnte Förderung gewährten.

Während das Heer Alexanders bei Sestos den Hellespont überschritt, fuhr er selber von Elaius, einer Stadt auf dem Chersones, hinüber nach der troischen Küste und landete „im Hafen der Achaier." Da wo er sich auf dem Chersones eingeschifft hatte und da wo er in Asien zuerst von allen in voller Rüstung ans Land gesprungen war, liess er Altäre der Athene und des Herakles errichten. In Ilion angekommen brachte er der Athene Ilias ein Opfer dar, hängte in dem Tempel derselben seine Rüstung als Weihgeschenk auf und entnahm dafür einige der dort aufbewahrten heiligen Waffenstücke (insbesondere einen Schild), die angeblich aus dem troischen Kriege stammten und die er später in den Schlachten vor sich hertragen liess. Ausserdem opferte er dem Priamos auf dem Altar des Zeus Herkeios, um den Zorn desselben gegen das Geschlecht des Neoptolemos, von dem er selber abstammte, zu versöhnen. Nachdem er, wie zuvor von seinem Steuermann Menoitios, nun auch von dem aus Sigeion herbeigeeilten Athener Chares mit einem goldenen Kranz bekränzt worden war, schmückte er selber das Grab des Achilleus, sein Freund Hephaistion das des Patroklos. Dabei pries er den Achilleus glücklich, dass ein Dichter wie Homer der Herold seines Ruhmes bei der Nachwelt geworden sei. Soweit der Bericht des Arrianos **).

Dass jenes Opfer für Priamos in Ilion selber bei dem Tempel des Zeus stattgefunden habe, ist aus dem Bericht nicht mit Notwendigkeit zu schliessen.

Ist es, wie oben angedeutet***), wahrscheinlich, dass der Altar-

---

*) S. oben S. 22 f.

**) Arrian. An. I 11, 5 ff. VI 9, 3. Vgl. Diodor. XVII 17, 2. 6 ff.

***) Herr Schliemann Ilios (S. 240 vgl. 193. 202) behauptet freilich: Die Ilienser „zeigten mit Stolz auf ihrem Pergamon [sic] das Haus des

stein des Zeus Herkeios ausserhalb der Stadt gezeigt wurde, so liegt nichts der Annahme im Wege, dass Alexander auch an diese Stelle geführt wurde. Auch Plutarch*) berichtet, dass der König den Heroen Trankopfer dargebracht und insbesondere den Grabstein des Achilleus gesalbt und um denselben mit seinen Gefährten die üblichen Leichenspiele aufgeführt habe. Dies aber weist doch deutlich auf Feierlichkeiten hin, die ausserhalb der Stadt abgehalten wurden. Ausdrücklich erwähnt dann Plutarch noch, dass Alexander einen Umgang gehalten habe, um die zur Stadt gehörigen Sehenswürdigkeiten zu schauen ($\vartheta\varepsilon\tilde{\alpha}\sigma\vartheta\alpha\iota$ $\tau\grave{\alpha}$ $\varkappa\alpha\tau\grave{\alpha}$ $\tau\grave{\eta}\nu$ $\pi\acute{o}\lambda\iota\nu$).

Was ihm dabei alles von den Iliensern vor Augen geführt wurde, darüber schweigen leider unsere Berichte. Doch scheint man seiner Gläubigkeit sehr viel zugemutet zu haben. Als er nämlich bei diesem Umgang auch von Jemand gefragt wurde, ob er nicht die Leyer des Paris zu sehen wünschte, lehnte er das Anerbieten unter dem höflichen Vorwand ab, er interessiere sich mehr für die des Achilleus, mit welcher derselbe die Lieder von den ruhmvollen Thaten der alten Helden begleitet habe. An die rechtzeitige Herbeischaffung dieses Reliquienstückes hatten freilich die guten Ilienser nicht gedacht.

Die Feierlichkeiten, die der König bei seinem damaligen Aufenthalt in Ilion veranstaltete, und die man als „eine Art Vorweihe zu dem Feldzug gegen Persien" bezeichnet hat**), waren

---

Priamos sowohl als den Altar des Zeus Herkeios, wo der unglückliche Greis erschlagen worden war, und den identischen Stein, auf welchem Palamedes die Griechen im Würfelspiel unterrichtet hatte." Drei recht charakteristische Behauptungen. Die beiden ersteren sind reine Fictionen; in der gesammten antiken Litteratur existiert keine einzige Stelle, auf die sich jene Behauptungen gründen liessen. Die dritte aber ist insofern uncorrect, als es in dem Fragment des Polemon (bei Müller frgm. hist. gr. III p. 125 fr. 32 nach Eustath. ad. Il. II p. 228) einfach heisst: $\lambda\acute{\iota}\vartheta o\varsigma$, $\dot{\varepsilon}\varphi'$ $o\dot{\tilde{v}}$ $\dot{\varepsilon}\pi\acute{\varepsilon}\sigma\sigma\varepsilon\nu o\nu$ $o\acute{\iota}$ $\H{E}\lambda\lambda\eta\nu\varepsilon\varsigma$. Inwiefern übrigens ein solcher Stein, und wäre er selbst für den „identischen Stein" des Palamedes angesehen worden, ein Beweisstück für die Identität der beiden Städte sein könnte, ist nicht leicht abzusehen. Dass in Wirklichkeit als Altar des Zeus Herkeios ein unscheinbarer Steinhaufe ausserhalb Ilions gezeigt wurde, scheint, wie oben S. 28 erwähnt, aus der Schilderung Lucans hervorzugehen. Als Thatsache kann nur gelten, dass in Ilion ein Tempel des Zeus Polieus vorhanden war, s. C. I. Gr. II 3599.

*) Plut. Alex. 15. — Cic. pr. Arch. X 24. Philostr. heroic. p. 209 sq.
**) Droysen Gesch. des Hellenismus. II 2 S. 386.

übrigens so grossartig, dass Dikaiarchos sich veranlasst sah, eine besondere Schrift über dieselben zu verfassen.

Alexander, von Jugend auf ein schwärmerischer Verehrer Homers und jetzt von dem Anblick der altehrwürdigen Oertlichkeiten und Reliquien begeistert und auch wohl von dem Zauber, der über der ganzen Gegend ruhete, hingerissen, beschloss dem bis dahin unbedeutenden Städtchen besondere Zeichen seines Wohlwollens zu geben und es zu einem grossen Gemeinwesen zu erheben. Er liess den Tempel mit Weihgeschenken schmücken, erklärte den Ort, indem er ihm den Namen Stadt erteilte, für unabhängig und steuerfrei und befahl den Behörden, grosse Bauten aufzuführen *).

Später, nach der vollständigen Niederwerfung der persischen Herrschaft, versprach er brieflich, dass er die Stadt noch erweitern, den Tempel prächtig herstellen **) und heilige Kampfspiele einrichten wolle.

Der Tod hinderte zwar den Eroberer Asiens an der Ausführung dieser grossartigen Versprechungen, aber einer seiner Erben, Lysimachos, nahm sich Ilions eifrig an ***). Er soll (falls nämlich eine Notiz Strabons mit Recht auf Ilion bezogen wird) einen Tempel und eine Stadtmauer von fast 40 Stadien (eine deutsche Meile) im Umfang erbaut und die Bewohner einiger alten, teil-

----

*) Nach Strabons Angabe (p. 593), die übrigens wie manches andere in diesem Abschnitt wohl ungenau ist, wäre dies erst nach der Schlacht am Granikos geschehen: Ἀλέξανδρον δὲ ἀναβάντα μετὰ τὴν ἐπὶ Γρανίκῳ νίκην ἀναθήμασί τε κοσμῆσαι τὸ ἱερὸν καὶ προσαγορεῦσαι πόλιν καὶ οἰκοδομίαις ἀναλαβεῖν προστάξαι τοῖς ἐπιμεληταῖς ἐλευθέραν τε κρῖναι καὶ ἄφορον· ὕστερον δὲ μετὰ τὴν κατάλυσιν τῶν Περσῶν ἐπιστολὴν καταπέμψαι φιλάνθρωπον, ὑπισχνούμενον πόλιν τε ποιῆσαι μεγάλην καὶ ἱερὸν ἐπισημότατον καὶ ἀγῶνα ἀποδείξειν ἱερόν.

**) Diodor. XVIII 4 (Erwähnung der von Alexander erbauten Tempel): ἐν Κύρρῳ δὲ τῆς Ἀθηνᾶς· ὁμοίως δὲ καὶ ἐν Ἰλίῳ ταύτης τῆς θεᾶς κατασκευασθῆναι ναὸν ὑπερβολὴν ἑτέρῳ μὴ καταλείποντα.

***) Strab. p. 593: μετὰ δὲ τὴν ἐκείνου τελευτὴν Λυσίμαχος μάλιστα τῆς πόλεως ἐπεμελήθη καὶ νεὼν κατεσκεύασε καὶ τεῖχος περιεβάλετο ὅσον τετταράκοντα σταδίων, συνῴκισέ τε εἰς αὐτὴν τὰς κύκλῳ πόλεις ἀρχαίας ἤδη κεκακωμένας, ὅτε καὶ Ἀλεξανδρείας ἤδη ἐπεμελήθη, συνῳκισμένης μὲν ἤδη ὑπ᾽ Ἀντιγόνου καὶ προσηγορευμένης Ἀντιγονείας, μεταβαλούσης δὲ τοὔνομα· ἔδοξε γὰρ εὐσεβὲς εἶναι τοὺς Ἀλέξανδρον διαδεξαμένους ἐκείνου πρότερον κτίζειν ἐπωνύμους πόλεις, εἶθ᾽ ἑαυτῶν. καὶ δὴ καὶ συνέμεινε καὶ αὔξησιν ἔσχε, νῦν δὲ καὶ Ῥωμαίων ἀποικίαν δέδεκται καὶ ἔστι τῶν ἐλλογίμων πόλεων.

weise verfallenen Nachbarstädte genötigt haben, sich in Ilion an-
zusiedeln.

Auch der Plan Alexanders, Festspiele zu Ehren der Ilischen
Athene einzurichten, fand seine Verwirklichung. Denn, wie aus
einigen Inschriften *) zweifellos hervorgeht, war in der nächsten
Zeit der Athenetempel in Ilion der Mittelpunkt einer ausgebreite-
ten Festgenossenschaft benachbarter Orte. Man verwandte grosse
Sorgfalt auf die Feier dieser Spiele (Panathenaien oder Ilieen
genannt) und denjenigen, die sich um dieselben verdient machten,
wurden in pomphaften Erlassen Danksprüche erteilt. Zur Zeit
des Antigonos (um 306) war Ilion zugleich das Haupt einer um
den Athenetempel gruppierten Confoederation ($\varkappa o\iota\nu\acute{o}\nu$) autonomer
hellenischer Städte der Troas mit einem selbständigen Bundesrat
($\sigma\upsilon\nu\acute{\varepsilon}\delta\varrho\iota o\nu$) an der Spitze. Auch Lampsakos am Hellespont und
Gargara am adramyttenischen Meere gehörten derselben an **).

Wie aus den neugefundenen Inschriften hervorgeht, sind diese
staatsrechtlichen Verhältnisse so, wie sie Alexander begründet
hatte, auch in der seleukidischen Periode geblieben ***). Für die
Feier der Feste und Wettkämpfe der ilischen Athene dauerte die
Gemeinschaft jener Städte jedenfalls auch noch in römischer
Zeit fort†).

Zu denen, die sich durch besondere Fürsorge für den Tempel
hervorthaten, hat, nach den Angaben der sogen. sigeischen Inschrift zu urteilen, Antiochos Soter (281—264) gehört, denn
die Volksgemeinde der Ilienser liess um 278 v. Chr. seine Statue
an einer hervorragenden Stelle des Tempels aufstellen „zum Dank
für seine dem Heiligtum bewiesene Pietät“ und nannte ihn den
Wohlthäter und Retter ($\sigma\omega\tau\tilde{\eta}\varrho\alpha$) des Volkes ††).

Diese Bezeichnung des Königs hat zunächst nichts zu thun
mit dem stehenden Titel „Soter“, der ihm nach seinem grossen
Sieg über die Galater erteilt wurde; denn die Abfassung jener
Inschrift fand vor dem Siege statt.

---

*) C. I. Gr. II 3595. 3601. 3602.

**) Hirschfeld in d. Archaeol. Zeit. 1875 (VII B.) S. 153. — Droysen
Hellen. II 2 S. 382. — Schliemann Ilios S. 706.

***) Droysen a. a. O. II 2 S. 380.

†) C. I. Gr. II 3604. — Droysen a. a. O. II 2 S. 387. — Schliemann Ilios S. 705.

††) C. I. Gr. II 3595. — Droysen a. a. O. III S. 261.

Bei der Unsicherheit der Nachrichten über jenen Zeitabschnitt ist indessen die Möglichkeit nicht ausgeschlossen, dass das hellespontische Heer des Antiochos speciell zur Befreiung Ilions von der Keltengefahr beigetragen habe.

Nach einer Angabe des Hegesianax hätten sich nämlich die Galater, damals die Geissel Kleinasiens, nachdem sie von Thracien aus (i. J. 278 v. Chr.) über den Hellespont gesetzt waren, um einen festen Stützpunkt zu gewinnen, auch in Ilion festgesetzt, es aber bald wieder verlassen, weil es nicht befestigt gewesen wäre *).

Der letzte Teil dieses Berichtes steht in offenem Widerspruch mit der obenerwähnten Notiz bei Strabon, wonach bereits Lysimachos die Stadt mit einer 40 Stadien langen Mauer umgeben hatte. Man hat daher verschiedene Vermutungen aufgestellt. Die gewöhnliche Annahme, dass jene Mauer des Lysimachos bereits 4 Jahre nach dessen Tode so vollständig in Verfall geraten sei, dass sie ihren Zweck nicht mehr erfüllt habe, klingt durchaus unglaublich.

Entweder ist die Angabe des Hegesianax ungenau, so zwar, dass die Galater Ilion aus einem anderen Grunde wieder räumten, etwa in Folge einer Bedrohung durch die Truppen des Antiochos, oder die Stadt war damals wirklich noch ohne genügende Be-

---

) Strab. p. 594: Ἡγησιάναξ δὲ τοὺς Γαλάτας περαιωθέντας ἐκ τῆς Εὐρώπης ἀναβῆναι μὲν εἰς τὴν πόλιν δεομένους ἐρίματος, παρὰ χρῆμα δ᾽ ἐκλιπεῖν διὰ τὸ ἀτείχιστον· ὕστερον δ᾽ ἐπανόρθωσιν ἔσχε πολλήν. (Vgl. Liv. XXXVIII 16). Ganz unverständlich bleibt die Notiz, die bei Strabon der Angabe des Hegesianax vorausgeht: Καὶ τὸ Ἴλιον δ᾽ ὃ νῦν ἔστι κωμόπολίς τις ἦν, ὅτε πρῶτον Ῥωμαῖοι τῆς Ἀσίας ἐπέβησαν καὶ ἐξέβαλον Ἀντίοχον τὸν μέγαν ἐκ τῆς ἐντὸς τοῦ Ταύρου. φησὶ γοῦν Δημήτριος ὁ Σκήψιος, μειράκιον ἐπιδημήσας εἰς τὴν πόλιν κατ᾽ ἐκείνους τοὺς καιρούς, οὕτως ὠλιγωρημένην ἰδεῖν τὴν κατοικίαν ὥστε μηδὲ κεραμωτὰς ἔχειν τὰς στέγας. Auch dieser Abschnitt zeigt, dass unser Strabontext leider mitunter nur ungenaue und flüchtig zusammengereihte Excerpte bietet. Die Ankunft der Römer findet fast 100 Jahre nach der Besetzung durch die Galater statt. Möglicherweise hat Strabon, wie wir schon früher (Zur Lösung S. 122) vermuteten, den Demetrios, was bei ihm nicht selten vorkommt, falsch verstanden und die Stadt Ilion mit dem Dorf der Ilier (κώμη τῶν Ἰλιέων p. 597) verwechselt. Möglich auch, dass Demetrios lediglich die Thatsache berichtet hatte: die Häuser in Ilion hätten keine Dachziegel — was nach Schliemann Ilios S. 243 noch jetzt in der Troas der Fall ist — und dass die daran geknüpfte Folgerung von Anderen herrührt.

festigung, so dass die fragliche Stelle Strabons einer anderen Auslegung bedürfte *).

An der Thatsache aber, dass Ilion, gleich anderen Orten am Hellespont und der Küste von Aeolien und Ionien **), von den Galatern vorübergehend besetzt wurde, ist wohl nicht zu zweifeln, und es dürften sich unter den auf Hissarlik ausgegrabenen Gegenständen wohl auch Zeugnisse dafür finden, dass die Galater hier

---

*) Grote Gesch. Griechenlands übers. I S. 226 Anm. 130 meint, sie beziehe sich auf Alexandreia Troas, und will die Verwirrung im Texte Strabons durch folgende Fassung beseitigen: Μετὰ δὲ τὴν ἐκείνου τελευτὴν Λυσίμαχος μάλιστα τῆς Ἀλεξανδρείας ἐπεμελήθη, συνῳκισμένης μὲν ἤδη ὑπ' Ἀντιγόνου, καὶ προσηγορευμένης Ἀντιγονίας, μεταβαλούσης τοὔνομα· (ἔδοξε γὰρ εὐσεβὲς εἶναι τοὺς Ἀλέξανδρον διαδεξαμένους ἐκείνου πρότερον κτίζειν ἐπωνύμους πόλεις, εἶθ' αὐτῶν) καὶ νεὼν κατεσκεύασε καὶ τεῖχος περιεβάλετο ὅσον τεσσαράκοντα σταδίων· συνῴκισε δὲ εἰς αὐτὴν τὰς κύκλῳ πόλεις ἀρχαίας ἤδη κεκακωμένας. Καὶ δὴ καὶ συνέμεινε — — — πόλεων. —

Uebrigens ist zu constatieren, dass durch die Ausgrabungen bei Hissarlik bis jetzt noch keine Stadtmauern im Umfang von 40 Stadien nachgewiesen sind. Herr Schliemann redet zwar häufig von den „Mauern des Lysimachos". Nach der Hauptstelle (Ilios S. 681) nennt er so eine um den Hügel Hissarlik (nicht um den Raum der ganzen Stadt) herumlaufende „meist 12' hohe und 10' dicke Mauer aus grossen, wohlbehauenen Kalksteinblöcken". Dieselbe ist aber nicht die Stadtmauer, nicht 40, sondern höchstens 10 Stadien lang, mithin nicht die des Lysimachos (vgl. Ilios Plan I). S. 682 (vgl. Plan II): „Von den Mauern rund um Ilion herum, die von Lysimachos erbaut und von Sulla wahrscheinlich nur ausgebessert wurden, sind hier und da [wo denn??] nur noch Theile erhalten." Auch diese Schliemannsche Mauer des Lysimachos, über die sonst nirgends genauer von ihm berichtet wird, ist ein wahres Vexierstück. Die Angaben über die Trümmer Neu-Ilions (sie füllen 5 Seiten in dem über 800 Seiten starken Band) sind überhaupt unsäglich dürftig. —

Aus neueren Berichten Schliemanns (Reise in der Troas S. 64) erhellt, dass die Mauern von Alexandreia Troas in der That 6 engl. Meilen im Umfang haben. Leider ist auch die Schilderung dieser wichtigen Ruinenstätte sehr dürftig ausgefallen. Es scheint fast, als ob er den Vergleich mit Neu-Ilion scheute. Zum Schlusse heisst es: „An vorhistorische Ruinen ist hier natürlich gar nicht zu denken!" Das ist aber gewiss kein Grund, diese Stätte zu vernachlässigen. Denn sicherlich haben die Trümmer dieser ansehnlichen Stadt aus der ersten Diadochenzeit zum mindesten nicht geringeren wissenschaftlichen Wert als die vielen dubiösen Lehmsteinmauern und die kunstlosen Thongefässe im Hügel von Hissarlik. Durch die unglückselige Idee, allenthalben „Vorhistorisches" aufdecken zu müssen, beeinträchtigt Herr Schliemann thörichterweise selber die Anerkennung seiner Leistungen.

**) Liv. XXXVIII 16.

ebenso gehaust haben, wie in anderen eroberten Städten Kleinasiens.

Als sechzig Jahre nach jener Besetzung der Stadt durch die Galater (i. J. 218 v. Chr.) wiederum eine gallische Söldnerschaar, die ihrem Soldherrn Attalos den Gehorsam gekündigt hatte und plündernd und brandschatzend am Hellespont umherzog, auch Ilion belagerte, sandte das benachbarte Alexandreia Hilfstruppen, die die Gefahr abwandten *).

Es müsste mithin, wenn die Angabe des Hegesianax genau wäre, zwischen den beiden Angriffen der Galater etwas geschehen sein, um Ilion verteidigungsfähiger zu machen **).

Möglich, dass dies schon durch denselben Antiochos Soter geschehen ist, der ja nach Kräften bemüht war, durch Anlegung fester Bollwerke der schweren Gefahr der Galaterheimsuchungen zu begegnen.

Als im dritten syrischen Kriege das Reich der Seleukiden durch Ptolemaeos III. Euergetes zerstört wurde, kamen um 246 v. Chr. die wichtigsten Städte und Häfen von Pamphylien bis zum Hellespont unter aegyptische Herrschaft ***), mithin auch die griechischen Städte der Troas. Diese Herrschaft dauerte im Allgemeinen wohl bis zu den Siegen des Antiochos III. Megas (197 v. Chr.), doch war Ilion schon früher wieder zur Selbständigkeit gelangt.

Bereits im J. 218 v. Chr. belobt nämlich König Attalos I., nachdem er die obenerwähnten gallischen Söldnerschaaren gezüchtigt hatte, die Bewohner von Ilion, ebenso wie die von Lampsakos und Alexandreia Troas, wegen der ihm bewiesenen Treue †).

So wenig Sicheres nun auch über die Periode der aegyptischen Herrschaft berichtet wird, so ist doch schon die

---

*) Polyb. V 111: τῶν γὰρ Γαλατῶν — — πορθούντων μετὰ πολλῆς ἀσελγείας καὶ βίας τὰς ἐφ' Ἑλλησπόντῳ πόλεις, τὸ δὲ τελευταῖον καὶ πολιορκεῖν τοὺς Ἰλιεῖς ἐπιβαλλομένων — — Θεμίστην — — ἐξαποστείλαντες μετ' ἀνδρῶν τετρακισχιλίων ἔλυσαν μὲν τὴν Ἰλιέων πολιορκίαν, ἐξέβαλον δ' ἐκ πάσης τῆς Τρῳάδος τοὺς Γαλάτας.

**) Unmittelbar an die Nachricht von der ersten Besetzung durch die Galater fügt Strabon die Bemerkung: ὕστερον δ' ἐπανόρθωσιν ἔσχε πολλήν. S. oben S. 53 Anm. — C. I. Gr. II 3595.

***) Polyb. V 34. — Droysen Hellenismus III S. 382. 387.

†) Polyb. V 78: χρηματίσας φιλανθρώπως Λαμψακηνοῖς, Ἀλεξανδρεῦσιν, Ἰλιεῦσι διὰ τὸ τετηρηκέναι τούτους τὴν πρὸς αὐτὸν πίστιν.

Thatsache an sich von grosser Bedeutung für die richtige Beurteilung der Ausgrabungen auf Hissarlik. Man braucht durchaus nicht auf weit entlegene vorhistorische Perioden zurückzugreifen, um die — übrigens gar nicht erheblichen — Fundstücke von aegyptischem Charakter zu erklären.*)

Von Antiochos dem Grossen berichtet Livius, dass er im J. 192 v. Chr. der Athene Ilias ein feierliches Opfer darbrachte **).

Attalos II. (157—138 v. Chr.) weihete der ilischen Athene eine Statue seines Bruders Eumenes (197—157 v. Chr.); von der zu dieser Statue gehörigen Inschrift sind Fragmente bei Tschiblak gefunden worden ***).

Eine grössere Bedeutung aber erlangte die Stadt erst, als die Römer in Asien festen Fuss fassten. Es waren wohl nicht ausschliesslich politische Rücksichten, welche die Römer bewogen,

---

*) Aegyptischen Charakter vindiciert Herr Schliemann einigen kleineren Fundstücken (Ilios S. 477 ff.) aus Krystall oder Porzellan, namentlich einem „löwenköpfigen Sceptergriff,“ einem „Stabgriff“ (beide aus der Tiefe von etwa 28 Fuss), einigen „Glasknöpfen“ (Tiefe teils 6 Fuss, teils 26 Fuss!). Er hält es für wahrscheinlich, dass diese Gegenstände und noch einige kleine Glaskugeln und Perlen „durch die Phoenizier nach Troia gebracht worden sind“, wonach dieselben also doch in ein sehr hohes Alter zurückzusetzen wären. Ferner (S. 479): „Alles aegyptische Porzellan und ebenso das Elfenbein weist auf Beziehungen zwischen Troia und Aegypten hin.“ Kleine Gegenstände von Elfenbein (mit sehr bemerkenswerten, stets wiederkehrenden kreisförmigen Verzierungen) fanden sich aber in sämmtlichen sechs „Städten“ mit Ausnahme der zweiten. Hieraus sowie aus dem Umstand, dass der oben erwähnte Stabgriff aus aegyptischem Porzellan (Nr. 548) zusammen mit einer eulenköpfigen Vase und einem grossen schwarzen Thongefäss mit allerlei Resten verkohlter Vegetabilien und Zeugstoffe (Nr. 266) auf der sogenannten „Mauer“ selbst, unmittelbar westlich vom königlichen Hause, gefunden wurde, erhellt wohl zur Genüge, dass wir es in allen diesen Fällen mit Fundstücken aus historischer Zeit zu thun haben.

Bei Schliemanns Besprechung des „löwenköpfigen Sceptergriffes“, der auf dem bekannten „Turm“ gefunden wurde, fällt übrigens auch wieder für die Homererklärer etwas ab (S. 478): „Nicht nur dieser Löwenkopf, sondern auch die in der Ilias häufig wiederkehrenden, vom Löwen genommenen Gleichnisse machen es äusserst wahrscheinlich, dass es im fernen Alterthum Löwen in dieser Gegend gab. Homer hätte unmöglich die Eigenschaften dieses Thieres so vortrefflich schildern können, wenn er nicht häufig Gelegenheit gehabt hätte, sie zu beobachten u. s. w.“

**) Liv. XXXV 43: priusquam solveret naves, Ilium a mari escendit, ut Minervae sacrificaret.

***) Lebas-Waddington Inscr. Asie mineure 1743b.

in diesem so günstig gelegenen Ort einen Stützpunct ihrer Macht inmitten der kleinasiatischen Staatengruppierung zu suchen. Eine wahre, tiefe Pietät, wie sie dem altrömischen Charakter eigen war, mag immerhin für sie ein Anlass gewesen sein, die Stätte zu bevorzugen, wo nach der frommen Legende die mächtigste Gottheit des alten Troia noch jetzt thronte, wo uralte Heiligtümer aus dem Stammsitz Troia aufbewahrt wurden und wo directe Nachkommen ihrer eignen Ahnen noch jetzt im Lichte wandelten.

In den feierlichen Begrüssungsreden und dem häufigen Austausch officieller Höflichkeitsbeweise tritt nicht sowol der Gedanke an eine Identität der vorhandenen Stadt und des alten Troia, als vielmehr der der Stammesverwandtschaft zwischen Römern und Iliensern und das Vorhandensein gemeinsamer Nationalheiligtümer in den Vordergrund *).

Bereits in den Frieden, den die Römer mit dem König Seleukos (247—225 v. Chr.) abgeschlossen hatten, war Ilion aufgenommen worden **), desgleichen in den Frieden mit Philipp von Makedonien im J. 205 ***).

Als nun aber auch römische Heere den sigeischen Gestaden naheten, da brach zum ersten Mal auf beiden Seiten eine ganz überschwängliche Rührung und Begeisterung hervor.

Freilich wäre recht viel poetische Ausschmückung dabei, wenn Ennius die römischen Krieger wirklich hätte ausrufen lassen:

O patria, o divom domus Ilium et incluta bello Pergama!
wie Schliemann Ilios S. 199 angibt; allein hier ist ein Vers des Vergil irrtümlich dem Ennius zugeschrieben †).

---

*) Liv. XXXVII 37. Justin. XXXI 8. Tac. an. IV 55. XII 58. u. a. m.

**) Sueton. Claud. 25: Iliensibus, quasi Romanae gentis auctoribus, tributa in perpetuum remisit, recitata vetere epistula Graeca senatus populique Romani regi amicitiam et societatem ita demum pollicentis, si consanguineos suos Ilienses ab omni onere immunes praestitisset.

***) Liv. XXIX 12: in eas condiciones cum pax conveniret, ab rege foederi adscripti Prusias — — —, ab Romanis Ilienses, Attalus rex, Pleuratus, Nabis, Lacedaemoniorum tyrannus, Elei, Messenii, Athenienses.

†) Verg. Aen. II 241: O patria, o divom domus Ilium et incluta bello Moenia Dardanidum! Hieran fügte Merula willkürlich das Fragment bei Macrob. Sat. VI 1, 60: Ennius in undecimo, cum de Pergamis loqueretur: „Quae neque Dardaniis campis potuere perire, Nec cum capta capi, nec cum combusta cremari." Diese stark rhetorisch gefärbte Stelle gehörte wohl in die Schilderung des Friedenschlusses mit Philippos im XI. B. des Ennius (vgl. Vahlen Enn. poes. rell. p. LXXI). Sie hat ohne Zweifel eine politische Tendenz.

Und ebenso dürfte die Schilderung Justins (XXXI 8) von dem ersten Zusammentreffen zur Zeit des Antiochos auf rhetorischer Uebertreibung beruhen: Igitur cum ab utrisque bellum pararetur ingressique Asiam Romani Ilium venissent, mutua gratulatio Iliensium ac Romanorum fuit: Iliensibus Aenean ceterosque cum eo duces a se profectos, Romanis se ab his procreatos referentibus; tantaque laetitia omnium fuit, quanta esse post longum tempus inter parentes et liberos solet. Juvabat Ilienses nepotes suos occidente et Africa domita Asiam ut avitum regnum vindicare, optabilem Troiae ruinam fuisse dicentes, ut tam feliciter renasceretur. Contra Romanos avitos lares et incunabula maiorum templaque ac deorum simulacra inexplebile desiderium videndi tenebat.

Weiter wird berichtet, dass der Consul C. Livius im J. 190 mit seiner Flotte in dem sogenannten „Hafen der Achaeer" landete, darauf Ilion besuchte und der Athene ein Opfer brachte*).

Sein College L. Scipio rückte vom Hellespont her über Dardanos und Rhoiteion in die Ebene vor der Stadt, schlug daselbst ein Lager und opferte, nachdem er zu der Stadt und der Burg hinaufgestiegen war, ebenfalls der Schutzgöttin der Burg, wobei die Ilienser unter ausserordentlichen Ehrenbezeugungen und mit überschwenglichen Reden hervorhoben, dass die Römer von ihnen ausgegangen seien, und diese hinwiederum ihrer Freude über diese Abstammung Ausdruck gaben**).

Bei dem ein Jahr später erfolgten Abschluss des Friedens***) wurden den Iliensern ausdrücklich die Orte Rhoiteion und Gergis zugesprochen, „nicht etwa weil sie sich in der jüngsten Zeit besondere Verdienste erworben, sondern aus Rücksicht auf ihre ruhmvolle Herkunft." Aus demselben Grunde aber erhielt auch die Stadt Dardanos ihre Freiheit, — ein

---

*) Liv. XXXVII 9: in portum, quem vocant Achaeorum, classem primum advertit; inde Ilium escendit sacrificioque Minervae facto legationes finitimas ab Elaeunte et Dardano et Rhoeteo, tradentis in fidem civitates suas, benigne audivit.

**) Liv. XXXVII 37: inde Ilium processit castrisque in campo, qui est subiectus moenibus, positis in urbem arcemque cum escendisset, sacrificavit Minervae praesidi arcis, et Iliensibus in omni rerum verborumque honore ab se oriundos Romanos praeferentibus, et Romanis laetis origine sua.

***) Liv. XXXVIII 39: — — — et Iliensibus Rhoeteum et Gergithum addiderunt, non tam ob recentia ulla merita quam originum memoria. eadem et Dardanum liberandi causa fuit.

deutlicher Beweis, dass die Römer es mit der topographischen Wahrhaftigkeit nicht allzugenau nahmen, denn Dardanos, eine aiolische Colonie, lag anerkanntermassen ziemlich fern von der Stätte des homerischen Ortes Dardania, dem Stammsitz des Aineias.

Die pietätvolle Gesinnung der Römer bekundet sich weiterhin noch in einer Reihe von Auszeichnungen und Zuwendungen bis herab auf die Regierungszeit des Kaisers Julian.

· Nur einmal erlitt die Stadt durch römische Waffen einen schweren Schlag*). Es war ungefähr ein Jahrhundert nach der

---

*) Liv. epit. LXXXIII: Flavius Fimbria [„ultimae audaciae homo" epit. LXXXII] — — — urbem Ilium, quae se potestati Sullae reservabat, expugnavit et delevit, et magnam partem Asiae recepit. — Oros. hist. VI 2 [nach Livius] inde Fimbria Iliensibus iratus, a quibus pro Sullanae partis studio obiectu portarum repulsus videbatur, ipsam urbem Ilium, antiquam illam Romae parentem, funditus caede incendioque delevit; sed eam Sulla continuo reformavit. — Augustin. de civ. Dei III 7. — — — Porro autem Fimbria prius edictum proposuit, ne cui parceretur, atque urbem totam cunctosque in ea homines incendio concremavit. — — — Eversis quippe et incensis omnibus cum oppido simulacris, solum Minervae sub tanta ruina templi illius, ut scribit Livius, integrum stetisse perhibetur.

Strab. p. 594: εἶτ᾽ ἐκάκωσαν αὐτὴν πάλιν οἱ μετὰ Φιμβρίου Ῥωμαῖοι λαβόντες ἐκ πολιορκίας ἐν τῷ Μιθριδατικῷ πολέμῳ. συνεπέμφθη δὲ ὁ Φιμβρίας ὑπάτῳ Οὐαλερίῳ Φλάκκῳ ταμίας προχειρισθέντι ἐπὶ τὸν Μιθριδάτην· καταστασιάσας δὲ καὶ ἀνελὼν τὸν ὕπατον κατὰ Βιθυνίαν αὐτὸς κατεστάθη κύριος τῆς στρατιᾶς, καὶ προελθὼν εἰς Ἴλιον, οὐ δεχομένων αὐτὸν τῶν Ἰλιέων ὡς λῃστήν, βίαν τε προσφέρει καὶ δεκαεταίους αἱρεῖ. καυχωμένου δ᾽ ὅτι ἦν Ἀγαμέμνων πόλιν δεκάτῳ ἔτει μόλις εἷλε τὸν χιλιόναυν στόλον ἔχων καὶ τὴν σύμπασαν Ἑλλάδα συστρατεύουσαν, ταύτην αὐτὸς δεκάτῃ ἡμέρᾳ χειρώσαιτο, εἶπέ τις τῶν Ἰλιέων· „οὐ γὰρ ἦν Ἕκτωρ ὁ ὑπερμαχῶν τῆς πόλεως". — Appian. Mithrid. c. 53 (I p. 364 f.): Ἰλιεῖς δὲ πολιορκούμενοι πρὸς αὐτοῦ κατέφυγον μὲν ἐπὶ Σύλλαν, Σύλλα δὲ φήσαντος αὐτοῖς ἥξειν, καὶ κελεύσαντος ἐν τοσῷδε Φιμβρίᾳ φράζειν ὅτι σφᾶς ἐπιτετρόφασι τῷ Σύλλᾳ, πυθόμενος ὁ Φιμβρίας ἐπῄνεσε μὲν ὡς ἤδη Ῥωμαίων φίλους, ἐκέλευσε δὲ καὶ αὐτὸν ὄντα Ῥωμαῖον ἔσω δέχεσθαι, κατειρωνευσάμενός τι καὶ τῆς συγγενείας τῆς οὔσης ἐς Ῥωμαίους. ἐσελθὼν δὲ τοὺς ἐν ποσὶ πάντας ἔκτεινε καὶ πάντα ἐνεπίμπρη, καὶ τοὺς πρεσβεύσαντας ἐς τὸν Σύλλαν ἐλυμαίνετο ποικίλως, οὔτε τῶν ἱερῶν φειδόμενος οὔτε τῶν ἐς τὸν νεὼν τῆς Ἀθηνᾶς καταφυγόντων, οὓς αὐτῷ τῷ νεῷ κατέπρησεν. κατέσκαπτε δὲ καὶ τὰ τείχη, καὶ τῆς ἐπιούσης ἠρεύνα περιιὼν μή τι συνέστηκε τῆς πόλεως ἔτι. ἡ μὲν δὴ χείρονα τῶν ἐπὶ Ἀγαμέμνονι παθοῦσα ὑπὸ συγγενοῦς [s. oben S. 23] διολώλει καὶ οἰκόπεδον οὐδὲν αὐτῆς οὐδ᾽ ἱερὸν οὐδ᾽ ἄγαλμα ἔτι ἦν· τὸ δὲ τῆς Ἀθηνᾶς ἕδος, ὃ Παλλάδιον καλοῦσι καὶ διοπετὲς ἡγοῦνται, νομίζουσί τινες εὑρεθῆναι τότε ἄθραυστον, τῶν ἐπιπεσόντων τειχέων αὐτὸ περικαλυψάντων, εἰ μὴ Διομήδης αὐτὸ καὶ Ὀδυσσεὺς ἐν τῷ

oben erwähnten Ankunft Scipios, als der Quaestor C. Flavius Fimbria, der Gegner Sullas, im mithridatischen Krieg (i. J. 85 v. Chr.) die sullanisch gesinnte Stadt einnahm und mit Mord und Brand verwüstete.

„Als derselbe vor Ilion rückte," berichtet Strabon, „die Ilienser aber ihn nicht aufnehmen wollten, da er ein Räuber wäre, brauchte er Gewalt und nahm die Stadt in zehn Tagen ein."

Und ausführlicher heisst es bei Appian: „Als die Ilienser von Fimbria belagert wurden, suchten sie Schutz gegen ihn bei Sulla, worauf Sulla erklärte, er werde herbeikommen, und ihnen auftrug, dem Fimbria einstweilen mitzuteilen, dass sie sich dem Sulla ergeben hätten. Fimbria, hiervon benachrichtigt, lobte sie, dass sie bereits Freunde der Römer wären, verlangte aber, dass sie auch ihn, der gleichfalls ein Römer wäre, in die Stadt einliessen, wobei er auch einige ironische Bemerkungen über die Thatsache der Verwandtschaft zwischen den Römern und Iliensern einflocht. Sobald er aber in die Stadt eingedrungen war, liess er Alle, die ihm in den Weg kamen, niedermachen, steckte Alles in Brand, beschimpfte diejenigen, welche die Gesandtschaft an Sulla übernommen hatten, auf verschiedene Weise und verschonte weder die Heiligtümer noch die, welche zum Athenetempel geflüchtet waren; er verbrannte sie zugleich mit dem Tempel. Er zerstörte auch die Mauern und als er am folgenden Tag seinen Umgang hielt, sah er nach, ob auch ja nichts mehr von der Stadt stehen geblieben sei. Und in der That war diese, indem es ihr noch schlimmer erging als zur Zeit Agamemnons, durch einen Stammesangehörigen vollständig vernichtet worden, und es war von ihr weder ein Haus noch ein Tempel noch ein Götterbild übrig geblieben. Das Athenebild aber, das sogenannte Palladion, das vom Himmel gefallen sein soll, wurde damals, wie Einige glauben, unversehrt wieder aufgefunden, da die einstürzenden Mauern es bedeckt hatten, — falls nicht Diomedes und Odysseus es bereits im troischen Kriege aus der Stadt entführt haben."

Aus jenen Berichten ergeben sich zwei bemerkenswerte Umstände.

Τρωϊκῷ ἔργῳ μετήνεγκαν ἐξ Ἰλίου. — Dio Cass. fragm. Peiresc. 131. — Vgl. Aurel. Victor de vir. illustr. 70: Ilium, ubi tardius portae patuerant, incendi iussit; ubi Minervae templum [simulacrum?] inviolatum stetit, quod divina maiestate servatum nemo dubitavit.

Einmal, dass der Glaube an die Echtheit der Stammesverwandtschaft durchaus kein so ganz eingewurzelter gewesen sein konnte, sonst hätte selbst dieser durch seine Rücksichtslosigkeit bekannte demokratische Rebellenführer kaum gewagt, seinem Hohn und seiner Verachtung der ganzen iliensischen Tradition so unverhohlen Ausdruck zu geben*).

Sodann aber die Thatsache, dass der Tempel und seine Umgebung zu einer Zeit, die historisch feststeht, durch Feuersbrunst und gewaltthätige Zerstörung schwer gelitten hat. Diese Thatsache ist durch Livius, Strabon und Appian sicher bezeugt; sie erregte, wie aus anderweitigen Nachrichten hervorgeht, noch in späteren Zeiten ein gewisses Aufsehen. Dass Appian, im Hinblick auf den Untergang des homerischen Troia, vielleicht die Farben in seinem Bericht etwas zu lebhaft aufgetragen habe, kann man zwar vermuten, doch ist dies ohne Belang. Auf alle Fälle wurde damals der Tempel und seine nächste Umgebung niedergebrannt.

Diese Thatsache liefert also den Schlüssel zur Erklärung der in dem Hügel von Hissarlik aufgedeckten grossen Brand- und Trümmerschicht, der angeblichen „dritten oder homerischen Stadt". Diese Schicht reicht in der Mitte des Hügels, nach oben hin, unmittelbar an die Fundamente eines dem ersten Jahrh. v. Chr. entstammenden Tempels und beginnt bereits in einer Tiefe von 12' unter der jetzigen Oberfläche. Auf der Westseite des Hügels dagegen finden sich die bedeutenden Brandspuren erst in grösserer Tiefe, 23—33', was sich aus einer ursprünglich vorhandenen mässigen Abdachung des Hügels nach dieser Seite hin erklärt.

Es ist aber höchst bezeichnend für die utopistischen Bestrebungen des neuesten Troiaentdeckers, dass er bei der übereifrigen Suche nach praehistorischen Denkmälern die historisch verbürgte Nachricht von der Niederbrennung des Tempels selbst dann gänzlich ignorierte**), als ihm unmittelbar unter der

---

*) Auch die Bemerkung bei Strabon: καυχωμένου δὲ κτλ. weist auf das ironische Verhalten des Fimbria hin, während der Ilienser mit seiner Antwort es offenbar ernst meint.

**) Herr Schliemann (Ilios S. 202 ff.) druckt den Bericht des Strabon und Appianos ab und fügt folgende Bemerkung bei: „Dieser Bericht von Ilions vollständiger Zerstörung, wie ihn Appian, der zur Zeit des Antoninus Pius blühte, gibt, scheint kaum glaublich, um so weniger, als Strabo, der zur Zeit des Julius Caesar und Octavianus Augustus, nahezu 200 Jahre früher, lebte und fast ein Zeitgenosse des Ereignisses war, nur wusste, dass

obersten Schicht (Restaurationen des Sulla und Augustus) eine ausgedehnte Brandschicht vor Augen trat. Für jeden nüchternen Beurteiler liegt es auf der Hand, dass die sogenannte dritte oder „verbrannte", auch „homerische Stadt" nichts anderes ist als die Brandstätte des aus der Diadochenzeit stammenden, von Fimbria zerstörten Athenetempels, der „Schatz des Priamos" aber nichts anderes als ein Teil des bei der damaligen Eroberung abhanden gekommenen Tempelschatzes.

So hart jener Schlag auch für die Ilienser gewesen war, so rasch wurden seine Folgen beseitigt. War es doch wieder eine besondere Gunst des Schicksals, dass bald darauf das römische Geschlecht der Julier zur höchsten Macht gelangte; denn dieses Geschlecht führte, wie Julius Caesar in einer Leichenrede auf die Schwester seines Vaters sich rühmte, seinen Ursprung auf den Sohn der Aphrodite, Aineias, zurück *).

Bereits Sulla war, nachdem er den Fimbria angegriffen und vernichtet hatte, bemüht gewesen den Iliensern Trost zu gewähren, indem er Vieles von dem Zerstörten restaurieren liess, vor allem wohl den Tempel.

Noch weit mehr aber that, wie Strabon angibt, Caesar zu Gunsten der Ilienser, indem er sich als Verehrer Alexanders des Grossen und namentlich als Spross des julischen Geschlechtes in jugendlicher Begeisterung ($\nu\varepsilon\alpha\nu\iota\varkappa\tilde{\omega}\varsigma$) dazu angeregt fühlte. Unter anderm verschaffte er auch den Iliensern Vergrösserung ihres Gebietes und schützte ihre Autonomie und Steuerfreiheit **).

Ilion geschädigt, nicht aber, dass es mit Stumpf und Stil ausgerottet wurde." Das ist alles. In dem ganzen umfangreichen Werke kommt — unglaublich, aber wahr! — Herr Schliemann mit keiner Silbe auf den Brand des Fimbria zurück; selbst nicht in der ausführlichen Beschreibung der „dritten", „homerischen" Stadt, wo so oft von grossen Brandspuren, Aschenmassen, verbrannten Leichnamen u. dgl. die Rede ist. Und dann verkündet er der Welt, er habe dort das „verbrannte Troia" aufgedeckt, und findet Gläubige.

*) Sueton. Caes. 6. Quaestor Juliam amitam uxoremque Corneliam defunctas laudavit e more pro rostris. Et in amitae quidem laudatione de eius ac patris sui utraque origine sic refert: Amitae meae Juliae maternum genus ab regibus ortum, paternum cum diis immortalibus coniunctum est. Nam ab Anco Martio sunt Marcii Reges, quo nomine fuit mater; a Venere Julii, cuius gentis familia est nostra. — Dio Cass. 41, 34. Appian. b. c. II 68.

**) Strab. p. 594: [$\Sigma\dot{\upsilon}\lambda\lambda\alpha\varsigma$] $\tauο\dot{\upsilon}\varsigma\ \delta'\ \,'I\lambda\iota\acute{\varepsilon}\alpha\varsigma\ \pi\alpha\rho\varepsilon\mu\upsilon\vartheta\acute{\eta}\sigma\alpha\tau\omicron\ \pi\omicron\lambda\lambda\omicronῖ\varsigma\ \dot{\varepsilon}\pi\alpha\nuο\rho$-
$\vartheta\acute{\omega}\mu\alpha\sigma\iota.\ \varkappa\alpha\vartheta'\ \dot{\eta}\mu\tilde{\alpha}\varsigma\ \mu\acute{\varepsilon}\nu\tau\omicron\iota\ K\alphaῖ\sigma\alpha\rho\ \dot{\omicron}\ \vartheta\varepsilon\dot{\omicron}\varsigma\ \pi\omicron\lambda\dot{\upsilon}\ \pi\lambda\acute{\varepsilon}ο\nu\ \alpha\dot{\upsilon}\tau\tilde{\omega}\nu\ \pi\rhoο\dot{\upsilon}\nu\acute{\omicron}\eta\sigma\varepsilon$
$\zeta\eta\lambda\acute{\omega}\sigma\alpha\varsigma\ \ddot{\alpha}\mu\alpha\ \varkappa\alpha\grave{\iota}\ \,'A\lambda\acute{\varepsilon}\xi\alpha\nu\delta\rhoο\nu'\ \dot{\varepsilon}\varkappaεῖ\nuο\varsigma\ \gamma\grave{\alpha}\rho\ \varkappa\alpha\tau\grave{\alpha}\ \sigma\upsilon\gamma\gamma\varepsilon\nu\varepsilon\acute{\iota}\alpha\varsigma\ \dot{\alpha}\nu\alpha\nu\acute{\varepsilon}\omega\sigma\iota\nu$

Auch soll er kurz vor seinem Tode beabsichtigt haben, nach Ilion oder Alexandreia die Reichsregierung zu verlegen *).

In Uebereinstimmung hiermit lässt Lucanus in der früher erwähnten Schilderung seines Besuches in Ilium ihn auf der Stätte des homerischen Troia das Gelübde ablegen, dass er die spurlos untergegangene Stadt des Priamos in grosser Pracht wieder aufbauen wolle. Augustus, der pietätvolle Vollstrecker von Caesars Testament, scheint eine Zeitlang den Plan dieses Wiederaufbaues ernstlich erwogen zu haben, wie aus der oben S. 28 erwähnten Ode des Horaz hervorgeht.

Dass übrigens in jener Schilderung Lucans das historische Ilion von Seiten Caesars bei einem Besuche i. J. 48 v. Chr. gar keine Beachtung findet, ist bereits hervorgehoben worden **).

Eine weitere Nachricht berichtet wieder etwas ungünstiges.

Als Julia, die Tochter des Augustus, die Troade besuchte, hätte sie in Folge einer durch den Skamander bewirkten Ueberschwemmung beinahe das Leben verloren. Den Iliensern, die übrigens von ihrer Ankunft nicht in Kenntnis gesetzt waren,

---

ὥρμησε προνοεῖν αὐτῶν, ἅμα καὶ φιλόμηρος ὤν — — — ὁ δὲ Καῖσαρ καὶ φιλαλέξανδρος ὤν καὶ τῆς πρὸς Ἰλιέας συγγενείας γνωριμώτερα ἔχων τεκμήρια, ἐπερρώσθη πρὸς τὴν εὐεργεσίαν νεανικῶς· γνωριμώτερα δὲ, πρῶτον μὲν ὅτι Ῥωμαῖος, οἱ δὲ Ῥωμαῖοι τὸν Αἰνείαν ἀρχηγέτην ἡγοῦνται, ἔπειτα ὅτι Ἰούλιος ἀπὸ Ἰούλου τινὸς τῶν προγόνων· ἐκεῖνος δ᾽ ἀπὸ Ἰούλου τὴν προσωνυμίαν ἔσχε ταύτην, τῶν ἀπογόνων εἷς ὢν τῶν ἀπὸ Αἰνείου. [***?] χώραν τε δὴ προσένειμεν, αὐτοῖς καὶ τὴν ἐλευθερίαν καὶ τὴν ἀλειτουργησίαν αὐτοῖς συνεφύλαξε καὶ μέχρι νῦν συμμένουσιν ἐν τούτοις. — Der Ausdruck νεανικῶς scheint darauf hinzudeuten, dass diese Begünstigungen in die Jugendzeit Caesars fielen (vgl. Sueton c. 6 in der vor. Anm.). Andrerseits wird der zeitliche Gegensatz zu Sullas Eingreifen stark hervorgehoben. (καθ᾽ ἡμᾶς μέντοι κτλ. Strabon, geboren 66 oder 58 v. Chr., schrieb den grössten Teil seines Werkes unter Tiberius, vgl. p. 206. 156. 288. 579. 627 etc.). Die ganze Stelle scheint nicht authentisch überliefert zu sein. Bei Schliemann Ilios S. 719 wird eine Münze aus Neu-Ilion mit dem Kopf des Augustus und der Inschrift ΣΕΒΑΣΤΟΣ ΚΤΙΣΤΗΣ erwähnt. Darnach wäre Augustus der eigentliche Wiederhersteller des Athenetempels, vgl. p. 595. Möglicherweise liegt daher in dem Text des Strabon eine Vermengung der Vergünstigungen des Caesar und des Augustus (Καῖσαρ ὁ θεός und Καῖσαρ ὁ Σεβαστός) vor. Vgl. auch Casaub. z. Strab. p. 595: ἀπέδωκε τοῖς Ῥοιτειεῦσι πάλιν καθάπερ καὶ ἄλλοις ὁ Σεβαστὸς Καῖσαρ.

*) Sueton. Caes. 79. S. oben S. 28 Anm.

**) Bedeutsam ist, dass Strabon (p. 595) unmittelbar an den Bericht über die Vergünstigungen Caesars die Worte anreiht: ὅτι δ᾽ οὐκ ἐνταῦθα ἵδρυται τὸ παλαιόν κτλ. Eine sehr scharfe Hervorhebung der Nichtidentität.

wurde daraufhin der Vorwurf der Nachlässigkeit gemacht und ihnen von Agrippa, dem Gemahl der Julia, eine Geldbusse von 100,000 Denaren zudictiert. Erst nach langen Bemühungen wurde der Erlass dieser schweren Strafe erreicht*).

In einer neugefundenen Inschrift**) wird C. Caesar, der Sohn Julias und Statthalter von Asien († i. J. 4 n. Chr.), der „Verwandte, Schutzherr und Wohlthäter der Stadt" genannt.

Unter Tiberius „machte Germanicus einen Besuch in Ilion und sah sich an, was daselbst durch die wechselvolle Fügung des Schicksals und den Ursprung des römischen Volkes verehrungswürdig war"***).

Tiberius selber verhielt sich, wie es scheint†), der Troialegende gegenüber ziemlich skeptisch. Einer Deputation der Ilienser, die gelegentlich des Todes seines Sohnes erschien und sich in den hergebrachten hochtrabenden Phrasen bewegte, antwortete er nicht ohne einen ironischen Seitenblick auf ihren „vortrefflichen Mitbürger" Hektor.

Nero, der Despot mit litterarisch-aesthetischem Ehrgeiz, hatte sich in seiner Jugend (53 n. Chr.), als dem Anschein nach die Privilegien der Ilienser bedroht waren, der Sache derselben angenommen. Um mit seiner litterarischen Bildung und seiner Beredsamkeit prunken zu können, legte er, wie Tacitus berichtet, in einer Rede gewandt dar, dass die Römer ihren Ursprung von Troia herleiteten, dass Aineias der Stammvater des Julischen Geschlechtes sei und noch manches andere aus den in das Reich des Fabelhaften sich verlierenden alten Ueberlieferungen. Er erreichte damit, dass die Ilienser von allen öffentlichen Leistungen befreit wurden" ††).

---

*) Nicol. Damasc. de vita sua fr. 3. — **) Schliemann Ilios S. 705.

***) Tac. an. II 54: Atque illum in regressu sacra Samothracum visere nitentem obvii aquilones depulere. Igitur adito Ilio quaeque ibi varietate fortunae et nostri origine veneranda, relegit Asiam — —.

†) Suet. Tib. 52: Quin et Iliensium legatis paulo serius consolantibus, quasi obliterata iam doloris memoria, irridens se quoque respondit vicem eorum dolere, quod egregium civem Hectorem amisissent. — Hektor erscheint sehr häufig auf den Münzen von Neu-Ilion, s. Schliemann Ilios S. 714 ff.

††) Tac. an. XII 58: Utque studiis honestis et eloquentiae gloria enitesceret, causa Iliensium suscepta Romanum Troia demissum et Juliae stirpis auctorem Aeneam aliaque haud procul fabulis vetera facunde executus perpetrat, ut Ilienses omni publico munere solverentur. — Suet. Nero 7: pro Rhodiis atque Iliensibus Graece verba fecit.

Damit stimmt eine Angabe Suetons*), wonach Kaiser Claudius den Iliensern, den Stammvätern des römischen Volkes, die Abgaben für ewige Zeiten erliess, nachdem ein altes, in griechischer Sprache abgefasstes Schreiben des Senates und römischen Volkes verlesen worden, in welchem dem König Seleukos Freundschaft und Bundesgenossenschaft zugesichert war unter der Bedingung, dass er ihren Verwandten, den Iliensern, Freiheit von jeglichen Abgaben gewährleistete.

Unter diesen Umständen ist es auch ganz erklärlich, wenn z. B. der Geograph Mela**), ein Zeitgenosse des Claudius, bei der Erwähnung Neu-Ilions hinzufügt: „die durch den Krieg und die Zerstörung berühmte Stadt", oder wenn um dieselbe Zeit der ältere Plinius***) von dem „steuerfreien Ilion" spricht, „von dem unsere ganze ruhmvolle Geschichte ihren Ausgang genommen hat."

Als „Beweise" für die Identität des homerischen Troia und des griechischen Ilion lassen diese Aeusserungen sich mit ebensowenig Recht verwenden wie die übrigen in späterer Zeit noch auftauchenden Spuren römischer Sympathien.

So die Fürsorge Hadrians, der bei seinem Besuche in Ilion, als gerade der sogenannte Aiastumulus vom Meere teilweise weggespült worden, die dabei zu Tage gekommenen riesigen Gebeine in einem weiter landeinwärts gelegenen Hügel bergen und ein Heiligtum darüber errichten liess†).

Oder die inschriftlich erwähnten††) Vergünstigungen des Kaisers Antoninus Pius oder endlich die Vorgänge beim Besuche Caracallas, der seinen Truppen nach einem glänzenden Manöver in der Skamanderebene Belohnungen erteilte, „nachdem sie Ilion, gleich als ob es in Wahrheit die alte Stadt wäre, eingenommen" ($\varkappa\alpha\grave{\iota}$ $\tau\grave{o}$ $"I\lambda\iota o\nu$ $\dot{\omega}\varsigma$ $\dot{\alpha}\lambda\eta\vartheta\tilde{\omega}\varsigma$ $\alpha\dot{\upsilon}\tau\grave{o}$ $\tau\grave{o}$ $\dot{\alpha}\varrho\chi\alpha\tilde{\iota}o\nu$ $\mathring{\eta}\varrho\eta\varkappa\acute{o}\sigma\iota$), und der nach einem Besuch aller zur Stadt gehörigen

---

*) Suet. Claud. 25. s. oben S. 57.

**) Mela I 93 ed. Parth. [urbs] bello excidioque clarissima.

***) Plin. n. h. V 124: Ilium immune, unde omnis rerum claritas.

†) Paus. I 35. Philostr. her. p. 137. K. — Schliemann Ilios S. 725.

††) Schliemann Ilios S. 716, vgl. Dig. XXVII 1, 17, 1: Iliensibus et propter inclytam nobilitatem civitatis et propter coniunctionem originis Romanae iam antiquitus et senatus consultis et constitutionibus principum plenissima immunitas tributa est, ut etiam tutelae excusationem habeant, scilicet eorum pupillorum, qui Ilienses non sint; idque divus Pius rescripsit.

Reliquienstätten am Grabe des Achilleus in wahnsinniger Nachahmung des homerischen Heroen auch Leichenspiele haben wollte, zu welchem Zwecke er seinen Liebling Festus vergiftete *).

Den Schluss aller dieser Begünstigungen bildet der Besuch Julians (um 354 oder 355 n. Chr.), von dem er selber etwa 7 Jahre später als Kaiser in einem kürzlich entdeckten **) Briefe einem Freunde ausführlich Nachricht gegeben hat. Neue antiquarische Angaben von Belang enthält derselbe nicht. Von Pegasios geführt, besuchte der Kaiser alle Sehenswürdigkeiten und konnte unter diesem Vorwand auch den damals bereits geschlossenen Athenetempel betreten. Er überzeugte sich, dass in seinem Führer, einem Scheinchristen, noch fromme Begeisterung und Anhänglichkeit an die heidnischen Götter glühete, er fand auch noch vielfach frische Spuren von heimlich dargebrachten Opfern. Es ist gewiss von grossem culturhistorischem Interesse, wenn dieser Bericht uns zeigt, wie schwer dem neuen Glauben die Unterdrückung des poetisch verklärten Heroencultus wurde, und wenn gewissermassen die Flamme der durch die hieratische Legende Jahrhunderte hindurch genährten Begeisterung für die homerischen Heroen vor unseren Augen noch einmal aufflackert. Nicht sehr wichtig aber ist der sachliche Gewinn, der sich für die topographische Streitfrage ergibt.

Julian besucht zuerst das Hektorgrab, woselbst sich eine kleine Kapelle mit einer Statue Hektors befand. Es war dies, da von der Priamosstadt keine Trümmer übrig geblieben waren, offenbar das vornehmste unter den alttroischen Denkmälern. Ueber die Lage desselben besteht kein Zweifel, da es nach Strabon und Lykophron in der Nähe von Ophrynion im nordöstlichen Teile des Dümbrekthales gezeigt wurde. Dann erst lässt Julian sich zu dem geweihten Bezirk des Athenetempels, den er fast unversehrt vorfand, führen. Als drittes hebt er hervor, dass Pegasios ihn zu dem Achilleion geführt habe. Auch diese altberühmte Grabstätte war noch unversehrt. Was ihm sonst noch gezeigt wurde, erwähnt er nicht. Aber jene drei Stätten sind zugleich wichtige Grenzpunkte des altehrwürdigen Bezirkes „Troia".

Von dem Athenetempel auf Hissarlik sah man, gegen Norden

---

gewendet, linkerhand an der Küste des aegaeischen Meeres das Achilleion, geradeaus am Rhoiteion das Aiasgrab mit seiner Kapelle, und rechtshin am Nordrand des Dümbrekthales das Hektorgrab. Dazwischen, also im Dümbrekthal und unteren Menderesthal, lagen die zahlreichen altberühmten Oertlichkeiten. Wo immer auf diesem Terrain der andächtige Besucher, von den kundigen Periegeten geleitet, den Fuss hinsetzte, da konnten ihm poetisch-mythologische Erinnerungen wachgerufen werden. Jedes Gewässer, jede Höhe hatte ihre antiquarische Bedeutung: nullum sine nomine saxum, wie Lucan sagt.

So waren auf einem halbkreisförmigen, von mässigen Höhenzügen eingeschlossenen Raume von 2—3 Stunden Länge alle Sehenswürdigkeiten zerstreut*). Dieser ganze Raum war „Troia" oder, wie Strabon (p. 597) sagt, das „ἰδίως Τρωικόν". Ein heiliger Bezirk, dessen ehrwürdigste Stätte der Athenetempel bildete.

Dieser Athenetempel mit seinem altehrwürdigen Palladion war es aber fast ausschliesslich, was seit den ältesten Zeiten zahlreiche Besucher nach Ilion zog. Die wahre Bedeutung Ilions ist, wie bereits oben erörtert worden, unzweifelhaft die einer angesehenen Cultstätte. Griechen und Römer fühlten sich gleichmässig zu ihr hingezogen. Wie im 5. Jahrhundert v. Chr. die griechischen Feldherrn, welche die Gegend passierten, der Athene Ilias durch Opfer ihre Ehrfurcht erwiesen, so später auch die römischen. Für letztere war Ilion der Sitz eines Teiles jener gemeinsamen Stammgötter (divom domus), deren anderer Teil dem Aineias bei der Gründung der Mutterstadt Roms Schutz und Beistand gewährt hatte. — Was die heilige Tempellegende in Ilion sonst noch etwa von dem „Fortbestehen des alten Troia", von der „troianischen Abkunft der Ilienser" u. s. w. fabelte, das nahmen die Besucher mit frommem Glauben hin, ohne sich zu kritischen Bedenken angeregt zu fühlen, so wenig wie man die Tempelsagen anderer Cultstätten, z. B. bei dem Besuche von Delphi oder Ephesos, einer scharfen, wissenschaftlichen Kritik unterzog. Das mysteriöse Halbdunkel religiöser Weihe, das über

---

*) Dass man für die Besichtigung aller dortigen Sehenswürdigkeiten immerhin einige Tage aufwenden konnte, ergibt sich aus Aeschin. ep. X: κατὰ θέαν εἰς Ἴλιον ἀφικόμην τῆς τε γῆς καὶ θαλάττης. — — — διατριβόντων γὰρ ἡμῶν πολλὰς ἡμέρας ἐν Ἰλίῳ καὶ μὴ πληρουμένων τῆς θέας τῶν τάφων (ἦν δέ μοι γνώμη μένειν ἕως ἅπαντα διεξέλθω τὰ ἐν τῇ Ἰλιάδι ἔπη πρὸς αὐτοῖς ἑκάστοις, ὑπὲρ ὧν τὰ ἔπη ἐστὶ γεγενημένα) ἐμπίπτει ἡμέρα κτλ.

einer solchen Wohnstätte der Gottheit und den ihr zugehörigen
Cultgegenständen sich lagerte, musste auf die grosse Menge der
Andächtigen mit unwiderstehlicher Macht einwirken. Einen un-
gefähren Begriff von der frommen Scheu, mit der man die uralten Götterbilder in Ilion verehrte, kann uns der Umstand bieten,
dass man in Rom die troischen Penaten Jahrhunderte lang mit
ängstlicher Sorgfalt vor den Augen der Menschen hütete; Niemand hatte vor der Zeit des Kaisers Commodus das dortige
Palladion gesehen. Metellus, der bei einem Brande des Vesta-
tempels hilfreiche Hand anlegte, soll durch den Anblick jenes
Götterbildes das Augenlicht verloren haben. Der Geschichtschreiber
Dionysios von Halicarnass enthält sich, wo er auf die Heiligtümer
im Vestatempel zu reden kommt, mit grosser Vorsicht einer jeden
kritischen Aeusserung *).

Unter dem Banne solcher Gefühle und Stimmungen standen
aber, in älterer Zeit wenigstens, wohl alle Besucher Neu-Ilions,
Scipio so gut wie Alexander oder Xerxes. Für den Augenblick
glaubten sie, was ihnen die Priester von den Oertlichkeiten be-
richteten.

Prüfen wir aber die gelegentlichen Aeusserungen der alten
Autoren, so zeigt sich, dass in Hellas und Rom die Tempellegende
von der Identität Troias und Neu-Ilions keineswegs entscheidenden
Einfluss ausübte, wenigstens nicht auf die Ansicht der litterarisch
gebildeten Kreise.

Es ergibt sich, dass Demetrios vollkommen im Rechte war,
wenn er behauptete, ausser Hellanikos habe kein nach-
homerischer Autor jener Legende zugestimmt. Es
ergibt sich aber auch, dass nach der Zeit des Demetrios nirgends
ein klares, gewichtiges, mit bewusster Absicht zu Gunsten der
Identitätstheorie abgegebnes Zeugnis aufzufinden ist. Geistreiche
Wortspiele oder scherzhafte Wendungen, die hie und da an den
Namen der Stadt geknüpft wurden, können nicht schwer ins
Gewicht fallen. Wohl aber liegen ganz bestimmt lautende Zeugnisse vor, die mit jener Theorie im Widerspruch stehen, so bei
Pausanias, Lukian, Euenos, Vergil, Ovid, Lucan, Horaz. Und
das genügt. Vom wissenschaftlichen Standpunkt betrachtet, dürfte
es wohl, so lange nicht triftige Gegenbeweise beigebracht sind,

---

*) Dionys. II 66: τίνα δὲ ταῦτ' ἔστιν οὐκ ἀξιῶ πολυπραγμονεῖν οὔτ'
ἐμαυτὸν οὔτ' ἄλλον οὐδένα τῶν βουλομένων τὰ πρὸς θεοὺς ὅσια τηρεῖν.

vorläufig bei der Behauptung des Demetrios, dass Neu-Ilion nicht mit dem homerischen Troia identisch sei, sein Bewenden haben.

Das Fundament des Schliemannschen Hypothesenbaues ist somit vollständig zerbröckelt, und es hat sich zugleich recht deutlich gezeigt, dass eben doch nur bei der alten Methode der „Stockphilologen“ das Heil zu finden ist, d. h. dass man sich hinsichtlich einer Oertlichkeit zuvor genau aus den alten Berichten über die daselbst zu erwartenden Funde orientiert haben muss, ehe man mit Hacke und Spaten ernstlich vorgeht.

Hätte Herr Schliemann das gethan, so wäre ihm viel unnütze Arbeit, Grübelei und Enttäuschung erspart geblieben.

Denn in der That gewähren die vorhandenen historischen Notizen ganz gute Anhaltspunkte zur richtigen Beurteilung der im Hügel von Hissarlik gemachten Funde*).

Halten wir nur Folgendes im Auge:

Zunächst überschwemmten in nachtroianischer Zeit phrygische und thrakische Völkerschaften und später die Kimmerier und Trerer die alte Troas. Weiterhin setzten sich Lyder und Aioler, darnach vorübergehend auch Perser, Makedonier, Galater und Aegypter dort fest**). Die historische Stadt Ilion — ursprüng-

---

*) Auf einzelnes hierhergehörige ist bereits früher kurz aufmerksam gemacht worden, vgl. S. 35. 45. 54. 56. 64.

**) Auf welches unter den in historischer Zeit das Land überschwemmenden Völkern die Steinwaffen, die besonders in der 4. Schicht (also oberhalb des angeblichen „Troia“) zahlreich gefunden wurden, zurückzuführen seien, ist vorerst noch schwer zu entscheiden. In Frage kämen zunächst wohl die Kimmerier und Galater. Dass diese Steinwaffen keine Zeugnisse und Ueberreste aus der sogenannten „Steinperiode“ sind, ist bereits festgestellt. (Man vergl. auch Virchows Vorrede zu „Ilios“). Aehnliche Stücke von feinerer Arbeit sind übrigens auch anderwärts in Kleinasien, namentlich bei Sardes gefunden worden, unter Umständen, die ebenfalls die „Steinperiode“ ausschliessen. Um ein richtiges Urteil über dieselben zu bekommen, muss man ausser den zerstreuten Notizen in Schliemanns „Ilios“ auch seine früheren Fundberichte in den „Trojanischen Alterthümern“ Leipzig 1874. S. 21 ff. 28 ff. 31. 42 u. ö. nachlesen. Damals war der Entdecker bereits auf den richtigen Gedanken gekommen: „die steinernen Werkzeuge rührten von der Invasion eines Barbarenvolkes her, dessen Herrschaft nur von kurzer Dauer gewesen.“ Sie wurden in grossen Massen besonders bei der ersten Grabung (1871) „auf der höchsten Stelle des Hügels in einer Tiefe von 4¹/₂ Meter gefunden“. Aus Ilios Plan I ist die eigentliche Fundstelle an der Nordwestecke des Hügels ersichtlich. Es scheint darnach, dass die Barbaren die kleine Anhöhe nordlich nur eine angesehene Tempelansiedlung — wurde mehrmals von Feinden eingenommen (Derkyllidas, Charidemos, Galater), einmal auch ganz nachweislich durch Brand und Zerstörung sehr schwer heimgesucht (Fimbria 85 v. Chr.). Andrerseits hören wir von baulichen Erweiterungen, Verschönerungen und Restaurierungen durch Alexander und einige Diadochen sowie durch Sulla, Caesar und Augustus. Endlich haben die Ausgrabungen selber die Thatsache dargethan, dass diese jüngsten Bauanlagen, also die obersten unter der heutigen Hügeldecke, mit verschiedenen Planierungen und Nivellierungen der ehemaligen Oberfläche des Hügels verbunden waren, wodurch manche Gegenstände aus spätester Zeit natürlich in eine grosse Tiefe hinabgerollt wurden*).

---

westlich von der Tempelstrasse gegenüber dem „Haus des Königs" besetzt hatten, und dass von dieser Centralablagerungsstelle aus viele dieser Steingeräthe bei den Sullanischen Planierungen, durch welche auch die frühere Tempelstrasse zugeschüttet wurde, noch weiterhin zerstreut worden sind. Nach Ilios S. 32 fanden sich Steinwerkzeuge in dem auf der Tempelstrasse liegenden Schutt. — Zu den wunderlichsten Partien der Schliemannschen Funde gehören übrigens die 13 Streitäxte aus Nephrit und Jadeit. Ihrer Erörterung sind viele Seiten des Werkes „Ilios" gewidmet, während bekanntlich die Angaben über die Trümmer des historischen Ilion auf ein paar Seiten abgethan werden.

Sieht man sich nun die Abbildungen dieser vielgerühmten „Aexte" näher an (S. 271. 496. 639; — S. 311 fehlen die Abbildungen), so muss jeder nicht vollständig gedankenlose Leser staunen über das, was ihm hier als Aexte vorgezeigt wird: kleine Steinpartikelchen von bestimmter Façon, aber von nur einigen Centimeter Länge oder Breite, die offenbar niemals als Aexte gedient haben können. So klein sie sind, so hat doch Herr Schliemann stets nur die „halbe Grösse" abgebildet.

Wenn derartige Amulette nun gar für „Streitäxte" ausgegeben werden sollen, so schlägt auch dieser Versuch bereits in das Gebiet des Komischen ein.

*) Schliemann Ilios S. 28: „Der südliche Theil von Hissarlik ist hauptsächlich aus dem Schutt des späteren Ilion entstanden, und aus diesem Grunde finden sich hier griechische Alterthümer bis zu einer viel grösseren Tiefe unter der Oberfläche als auf dem Gipfel des Hügels." Dieser Umstand ist von der grössten Wichtigkeit. Gerade auf der südlichen Seite fanden sich die hauptsächlich in Frage gestellten Dinge: der „Turm", das Thor, der Schatz und das Haus des Königs (südwestlich), die zwei Skelette der „Trojaner". Hier soll die Siebenstädtetheorie namentlich zur Anwendung kommen, während im nördlichen Teil die Spuren der verbrannten Stadt unmittelbar unter den Fundamenten des jüngsten Tempels lagen. (Man sehe sich auch Ilios Plan III einmal recht genau an).

Dies alles sollte es unseres Erachtens einer nüchternen Kritik doch geradezu unmöglich machen, dem offenbaren Phantasma von den Trümmern von „sieben Städten“ (darunter fünf praehistorischen!) die, in einem Raume von nicht einmal 100 Meter Breite und von 16 Meter Tiefe im Hügel von Hissarlik über einandergeschachtet, deutlich erkennbar sein sollen, auch nur einen Augenblick lang zuzustimmen.

Die Berufung auf den „praehistorischen“ Charakter gewisser Thongefässe — das einzige, noch übrig bleibende Beweismittel Schliemanns — ist natürlich auch nicht stichhaltig. Von kundiger Seite *) ist längst darauf hingewiesen, dass die Gefässe von nicht-hellenischem Charakter, und anderes lässt sich von den hier in Frage kommenden nicht aussagen, durchaus nicht ohne weiteres als vor-hellenisch oder vorhistorisch gelten können, sie sind besten Falles nur Zeugnisse für das Vorhandensein gesonderter einheimischer oder barbarischer Bewohner neben und gleichzeitig mit ächt hellenischen Bevölkerungselementen. Denn so dürftig die Schliemannschen Angaben über die eigentlich hellenischen Thongefässe auch sind, so ist doch constatiert, dass in den untersten Schichten Scherben und Gefässtrümmer, die von „vollkommenster Kunstfertigkeit“ zeugen, gefunden werden **). Von

---

*) Edinburgh Review 1881 Nr. 314. S. 545, vgl. das oben im Vorwort Gesagte.

**) Auffallend ist der Versuch Schliemanns, ein solches Fundstück, Nr. 247 (Ilios S. 393), das der ersten Stadt angehört, seiner höheren technischen Vollkommenheit wegen der dritten Stadt zuzuweisen. Charakteristisch erscheint auch die Stelle „Ilios“ S. 243: „Wenn es, ähnlich [?] wie wir heute den Grad der Civilisation eines Landes nach seiner Litteratur und besonders seinen Zeitungen beurteilen, möglich wäre, aus der grössern oder geringern Vollkommenheit der Thongefässe eines vorgeschichtlichen Volkes auf den Grad seiner Civilisation einen Schluss zu machen, dann könnten wir folgern, dass von allen Völkern, die hier auf einander gefolgt sind, das der ersten [d. i. untersten] Stadt bei weitem das civilisirteste war, denn seine Thongefässe weisen in Form und Technik bei weitem die vorgeschrittenste Kunstfertigkeit auf. Ich bin indessen weit davon entfernt, diese Theorie aufzustellen; ich werde nur [?] Thatsachen anführen. Diesem frühen Volke war die Töpferscheibe bereits bekannt, aber sie war nicht allgemein im Gebrauch, denn alle Schüsseln und Teller wie auch alle grössern Geschirre sind insgesammt mit der Hand verfertigt. Dasselbe kann von fast allen kleineren Geräthen gelten, unter denen wir indessen dann und wann eins finden, das ganz unzweifelhaft auf der Scheibe gedreht ist.“

Seiten der Anhänger der Schliemannschen Theorie wird jetzt auch ohne weiteres eingeräumt, dass die obersten Schichten keinen Fortschritt in der Keramik den unteren gegenüber aufweisen, und dass alle derartigen Funde aus einem Gesichtspunkt zu betrachten seien: Neben Thongefässen von bekanntem hellenischem Charakter erscheinen durch verschiedene Schichten hindurch solche von primitiverem, roherem Charakter, neben den mit der Töpferscheibe gefertigten und im Ofen gebrannten andere, aus der Hand gearbeitete. Das ist aber ganz natürlich, namentlich bei einer hellenischen Colonie im Barbarenland, und findet sich noch heutzutage selbst auf jedem Dorfe ebenso, indem neben dem einfachen Geschirr der gewöhnlichen Leute die Porzellanschränke der Gutsherren und Pfarrer eine ganz andere Stufe der Kunstentwicklung vertreten. Man hat eben einfach zu unterscheiden zwischen der importierten und der einheimischen Waare. Die einheimische Fabrikation konnte jahrhundertelang sich gleichbleiben — und die nichtkünstlerische Keramik gehört bekanntlich zu den conservativsten Gewerben — während daneben die verschiedenartigsten Kunstproducte von auswärts — aus bestimmten Fabrikationsorten — hereinkamen. Beides ist bei einer Tempelansiedlung sehr natürlich. Eine solche kann sich nicht abschliessen; verschiedenartige Einflüsse, man kann sagen: müssen hier zu Tage treten. Aber auch noch etwas ängstlicher als anderwärts mochte hier die einheimische Technik unter dem Einfluss des Cultus der Athene an gewissen altherkömmlichen Formen festhalten. Das beweisen nicht nur die Gesichtsurnen (besonders Vasen mit dem Eulentypus), die in fast allen Tiefen gefunden wurden, sondern auch die zahlreichen urwüchsigen und unförmlichen, kleinen Marmor-Idole*) neben den fast ebenso geformten, goldenen Klapperblechen an den kunstreicheren Diademen, welch letztere sicherlich nichts anderes waren als priesterliche Schmuckgegenstände. Andere Goldfunde hinwieder — z. B. einige goldene Spangen mit reicherer Ornamentik und Armringe mit aufgelöteten Mustern — weisen wegen ihrer Aehnlichkeit mit anderwärts gemachten Funden auf fremden Import hin. Doch das alles geht bereits über die Grenzen, die wir unserer Untersuchung gesteckt haben, weit hinaus und greift in ein Gebiet der Altertumsforschung ein, auf dem

---

*) Gerade die Gleichmässigkeit der Form der Idole in allen Schichten ist ein starkes Argument gegen die Siebenstädtetheorie.

eine Entscheidung nur denen zusteht, die eine vollständige Ueber-
sicht über das aus den verschiedensten Ländern vorliegende Funde-
material besitzen, obwohl nicht zu leugnen ist, dass auch der-
jenige, der auf diesem Gebiete nur ganz bescheidene Kenntnisse
besitzt, in der Hauptsache sich nicht lange in Zweifeln bewegen
kann. Für uns wenigstens war die Frage nach dem Alter der
Funde entschieden von dem Augenblick an, wo wir das Fundstück
Nr. 245 (Ilios S. 393) genauer beachteten. In ihm hat Schliemann trotz der sorgfältigen Auswahl, die er bei der Veröffent-
lichung der Hissarlikfunde augenscheinlich getroffen, mitten in
seine uralten, „praehistorischen" und „vorphönizischen" Städte
selber ein schwerwiegendes Gegenargument hineingelegt. Es ist
dies nämlich eine Thonkugel (Durchmesser: 4 Centim.), durch
14 eingeschnittene Kreislinien in 15 Zonen geteilt, wodurch
„scheinbar die Klimate des Erdballs dargestellt sind" (Fundstelle: Tiefe von 26 Fuss). Niemand wird, wenn er diese Kugel
sieht, daran zweifeln, dass hier nicht scheinbar, sondern in Wirklichkeit die Zonen des Erdballs dargestellt sind*). (Man ver-
gleiche hiermit auch den Terracottawirtel Nr. 1986).

Die Thatsache, dass in der Stadt des Priamos die Kugelgestalt der Erde bereits bekannt, ja von der hieratischen Keramik
schon bei der Anfertigung von Kleinigkeiten als Motiv benutzt
wurde, wäre von unendlich grösserer Bedeutung als alle übrigen
angeblichen Entdeckungen, über die in dem Schliemannschen
Werke „Ilios" lange und tiefsinnige Erörterungen angestellt werden. Warum hat Schliemann diesen eminent wichtigen Umstand
so wenig hervorgehoben und zur Verhandlung gebracht? —

Nicht nur die Fundamente des Schliemannschen Hypothesenbaues sind, wie man sieht, ohne festen Halt, auch die äusseren

---

*) Das Fundstück befindet sich in Schliemanns Ilios an sehr ver-
steckter Stelle (S. 393) und wird mit wenigen Worten abgethan. Auf
der Mittelzone ist eine Inschrift vorhanden. Eines der Zeichen erkannte
Prof. Sayce als ein cyprisches. Merkwürdigerweise aber wird diese Inschrift in Anhang III zu Ilios (Die Inschriften von Hissarlik) gar nicht
erwähnt! — Für die Kugelgestalt der Erde, die zuerst von Pythagoras
gelehrt wurde, lieferte bekanntlich Eudoxos von Knidos (um 370—360
v. Chr.) die mathematischen Beweise, und von ihm rührt auch die Ein-
teilung in Zonen her. Krates von Mallos verfertigte (um 160—150 v. Chr.)
in Pergamum einen Kolossalglobus, zu dem die obenerwähnte Miniatur-
kugel gewissermassen ein Gegenstück bildet.

Pfeiler und Stützen erweisen sich als morsch, wo immer man sie anrührt.

Vor dem Tageslicht der historischen Nachrichten schwinden die Traumgestalten der Phantasie. Das Haus des Königs, der grosse Turm von Troia, die Agora und das skaeische Thor, der Schatz des Priamos und endlich die beiden edlen helmbuschumflatterten Troianer mit Lanzen an der Seite — keine von allen diesen aufsehenmachenden Raritäten vermag die Probe zu bestehen.

Und so viel ist auf alle Fälle klar: bei einigem guten Willen und bei ruhiger, objectiver Betrachtung werden sich die Wunder des geheimnisvollen Berges von Hissarlik nach und nach in ganz natürlicher Weise erklären lassen.